THE ARMS PEDDLER vol. 2

First published in Japan in 2011 by SQUARE ENIX CO., LTD.
French translation rights arranged with SQUARE ENIX CO., LTD.
and Ki-oon Limited through Tuttle-Mori Agency, Inc.

Édition française

Traduction :
Fédoua Lamodière

Adaptation graphique :
Clair Obscur

ISBN : 978-2-35592-375-3
Dépôt légal : avril 2012
Achevé d'imprimer en France par CPI Aubin Imprimeur

THE ARMS PEDDLER

Mise en couleur de l'illustration de couverture :

Rawar

Superviseur militaire :

Lee Hyun Seok (Warmania)

Design du logo :

Mizuno Design Room

Photo de couverture :

Tomo Hasegawa, première publication dans *Knife Magazine* (World Photo Press)

Design de couverture :

Tetsuya Ebihara

BREF, LE MONDE DE *THE ARMS PEDDLER* COMMENCE À SE DESSINER UN PEU PLUS DANS CE TOME. ON SAIT À PRÉSENT QU'UN PAYS DU NORD, CARADIA, ET UN PAYS DU SUD, LE BALZAR, SONT EN GUERRE. ON A ÉGALEMENT DÉCOUVERT L'EXISTENCE D'UN COMPLOT FOMENTÉ PAR LA SECTE ZORA ET SES NÉCROMANCIENS. ENFIN, ON A FAIT LA CONNAISSANCE DE PLUSIEURS ÊTRES NON HUMAINS, LES GARONS ET LES HABITANTS DE L'OMBRE, AINSI QUE DE LA GUILDE DES ARMURIERS, À LAQUELLE APPARTIENT GARAMI.

EN REVANCHE, ET C'EST POURTANT UN POINT CRUCIAL, ON IGNORE ENCORE QUELLE EST LA NATURE DU FARDEAU QUI SEMBLE PESER SUR LES ÉPAULES DE LA BELLE MARCHANDE D'ARMES. À VRAI DIRE, C'EST L'UN DES PREMIERS ÉLÉMENTS QUI ME SONT APPARUS QUAND J'AI COMMENCÉ À TRAVAILLER SUR L'HISTOIRE. JE VOUS DONNE UN INDICE : IL Y A UN RAPPORT AVEC LA GRANDE ÉPÉE QU'ELLE PORTE DEPUIS SA PREMIÈRE APPARITION ET DONT ELLE NE S'EST ENCORE JAMAIS SERVIE. ESPÉRONS QU'ELLE DAIGNE ENFIN LA DÉGAINER DANS LES PROCHAINS VOLUMES !

J'ESPÈRE ENCORE UNE FOIS QUE VOUS PRENDREZ PLAISIR À ACCOMPAGNER GARAMI ET SONA DANS LEUR LONG PÉRIPLE...

LE 27 FÉVRIER 2011, SUR LE COMPTOIR DU BAR *LE NID DE L'OIE SAUVAGE*

KYOICHI NANATSUKI

HTTP://NANATSUKI.BLOG.SO-NET.NE.JP

HTTPS://TWITTER.COM/JULY_MIRROR

POSTFACE – LE MONDE ENGLOUTI

INVENTER UNE HISTOIRE, C'EST D'ABORD CRÉER UN UNIVERS. À MON SENS, IL N'Y A RIEN DE PLUS EXALTANT ! D'HABITUDE, ON CONSTRUIT UN MONDE EN PARTANT D'UNE IDÉE DE BASE PUIS EN EMPILANT DES ÉLÉMENTS AU FUR ET À MESURE. MAIS DANS MON CAS, LE PROCESSUS DE CRÉATION EST ASSEZ PARTICULIER : J'AI L'IMPRESSION DE DÉTERRER PETIT À PETIT UNE CIVILISATION ENFOUIE POUR LA RÉVÉLER AU GRAND JOUR... C'EST PRESQUE DE L'ARCHÉOLOGIE, JE FOUILLE LA TERRE À LA RECHERCHE DE RUINES ET DE FOSSILES À EXTRAIRE. PAR ENDROITS, QUELQUES VESTIGES SE DRESSENT ENCORE HORS DU SOL, MAIS CE N'EST QUE LA PARTIE ÉMERGÉE DE L'ICEBERG... ET LE SEUL MOYEN DE SAVOIR CE QUI LES RELIE AUX RELIQUES DÉJÀ DÉTERRÉES, C'EST DE CREUSER ENCORE DAVANTAGE ! PARFOIS, JE ME RETROUVE OBLIGÉ DE FAIRE UN GRAND DÉTOUR AVANT D'ATTEINDRE UN ENDROIT QUI ME PARAISSAIT POURTANT TOUT PROCHE...

AU DÉBUT, JE N'AVAIS QUE QUELQUES FRAGMENTS D'IMAGES DANS LA TÊTE POUR BÂTIR LE MONDE DE *THE ARMS PEDDLER*. JE VOYAIS UNE FEMME MYSTÉRIEUSE ET UN JEUNE GARÇON DANS UN CHARIOT NOIR, PARCOURANT UNE LANDE DÉSERTIQUE PARSEMÉE DE RUINES... TOUT EST PARTI DE LÀ. À PRÉSENT, GARAMI ET SONA VOYAGENT BEL ET BIEN À TRAVERS LE MONDE, MAIS SEULES LES ZONES QU'ILS TRAVERSENT SONT ÉCLAIRÉES. JE NE VOIS ENCORE QUE LES CONTOURS DE LEUR PARCOURS.

CET UNIVERS EST EXTRÊMEMENT HOSTILE, MÊME POUR SON PROPRE AUTEUR. PARFOIS, J'AI L'IMPRESSION DE JOUER À UN DE CES VIEUX RPG DE L'ÉPOQUE OÙ IL FALLAIT DESSINER UNE CARTE SUR UN PAPIER À CÔTÉ SI ON VOULAIT RÉUSSIR À SE REPÉRER DANS LES DONJONS. (C'EST UNE IMAGE QUE NE COMPRENDRONT SANS DOUTE PAS CEUX QUI N'ONT JOUÉ QU'À DES JEUX RÉCENTS... MAINTENANT, TOUT EST PLUS FACILE, IL Y A DES PLANS INTÉGRÉS, ON NE PEUT PLUS S'ÉGARER EN PLEINE QUÊTE COMME AVANT ! IL FUT UN TEMPS OÙ PERDRE SON CHEMIN FAISAIT PARTIE DES CHOSES QUI DONNAIENT DE LA SAVEUR À UN RPG. BON, FIN DE LA DIGRESSION...)

CLAP
CLAP
HA HA HA ! ÇA FAIT BELLE LURETTE QUE LES BALZARIS SERVENT DE PÂTURE AUX VAUTOURS !
TU POURRAIS MONTRER UN PEU DE RE-CONNAISSANCE ENVERS TON VIEUX MAÎTRE, GARAMI !
EH OUI, JE SUIS GENZO, LE CHEF DE LA SECTION EST DE LA GUILDE DES ARMURIERS !
À SUIVRE...

PFF... J'AURAIS DÛ M'EN DOUTER... LE BALZAR UTILISAIT CETTE ROUTE POUR LE TRANSPORT DE MARCHANDISES, DANS LE TEMPS.
FSSH
PAS ÉTONNANT QUE CETTE SORTIE SOIT CONNUE...
EH, LA NANA AU CHAPEAU ! LÂCHE LE PISTOLET QUE TU VIENS D'ATTRAPER ET METS PIED À TERRE !
TSS...
TU VAS COMMENCER PAR TE DÉSHABILLER !
JE VAIS BATTRE LA MESURE ET TOI, TU VAS DANSER À POIL !
QUOI ?
LES PLAISANTERIES LES PLUS COURTES SONT LES MEILLEURES, GENZO ! TU VEUX MON POING DANS LA FIGURE ?!

JETEZ VOS ARMES ET DESCENDEZ DE VOTRE CHARIOT ! PAS D'ENTOUR-LOUPES, NOS FUSILS SONT BRAQUÉS SUR VOUS !

CRONCH
パク
!
VOILÀ LA SORTIE...

ON VA MANGER UN MORCEAU... SONA, SORS UNE GALETTE.
OK !
...
TU EN VEUX ?
TU DOIS RESTER EN VIE !
FSSH
スッ

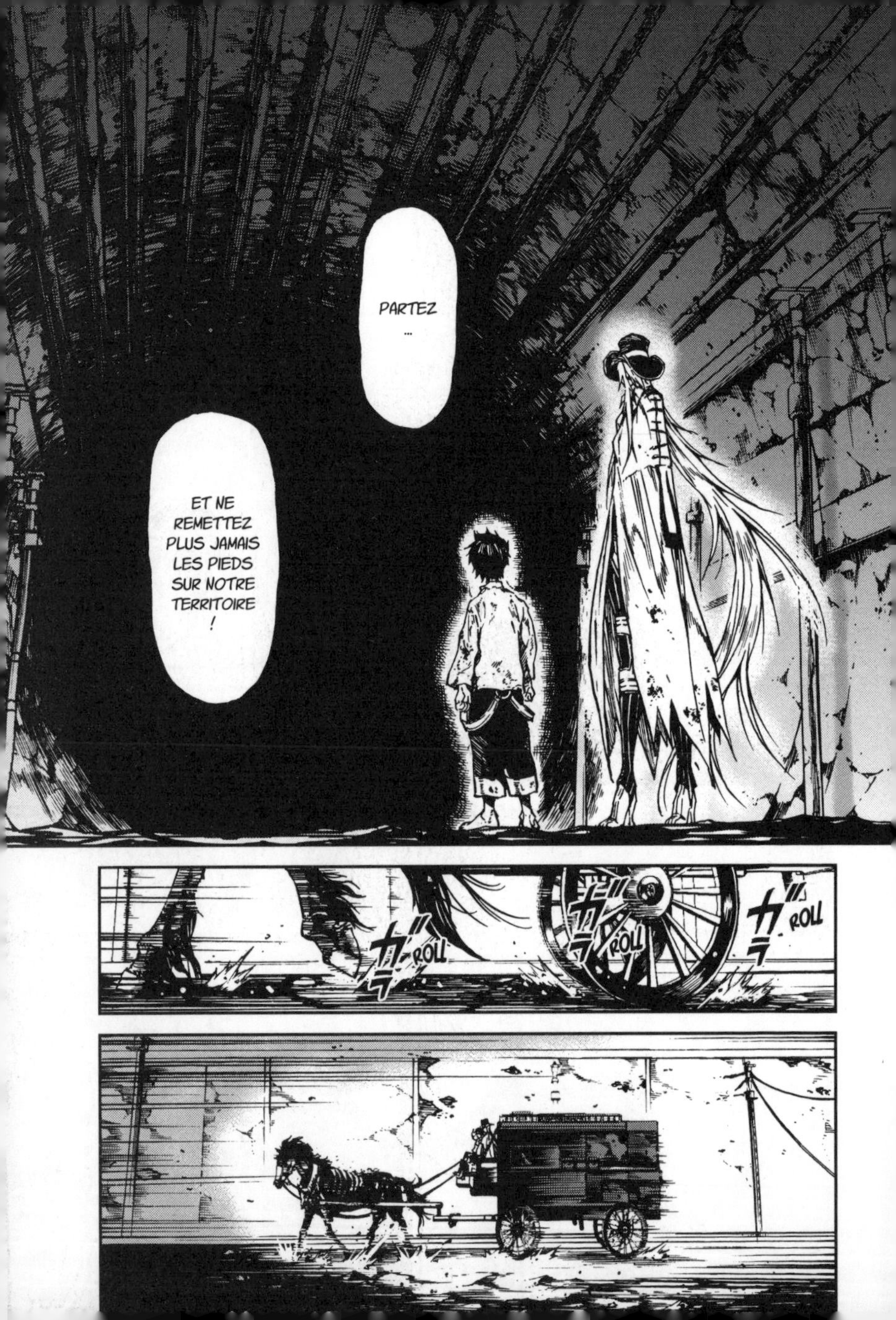
PARTEZ
...
ET NE REMETTEZ PLUS JAMAIS LES PIEDS SUR NOTRE TERRITOIRE
!
ガラ ROLL
ガラ ROLL
ガラ ROLL

NE NOUS PLAIGNEZ PAS...
JE DOUTE QUE VOTRE VIE SOIT MEILLEURE QUE LA NÔTRE...
IL SUFFIT DE VOIR L'ARME QUE VOUS TENEZ...
POUR COM-PRENDRE QU'À LA SURFACE, LES HOMMES NE CESSENT DE S'ENTRE-TUER !

NOUS AUTRES HABITANTS DE L'OMBRE ÉTIONS HUMAINS AUTREFOIS...
C'EST VRAI ?
OUI... NOUS SOMMES LES DESCENDANTS DE QUELQUES HOMMES QUI ONT VOULU SE TRANSFORMER EN ÊTRES DIFFÉRENTS...
LE FRUIT DES EXPÉRIENCES DE NOS ANCÊTRES !
NOUS NE POUVONS PAS VIVRE SOUS LE SOLEIL... NOUS RESTONS CACHÉS SOUS TERRE, À MANGER DE LA MOUSSE ET DES INSECTES !
NOUS SAVIONS QU'UN JOUR OU L'AUTRE, NOUS FINIRIONS TOUS AVALÉS PAR CE VER...
NOUS PENSIONS QU'EN BUVANT LE SANG D'UN HUMAIN, NOUS POURRIONS RETROUVER UNE APPARENCE NORMALE...
MAIS CE N'ÉTAIT QU'UNE CHIMÈRE...

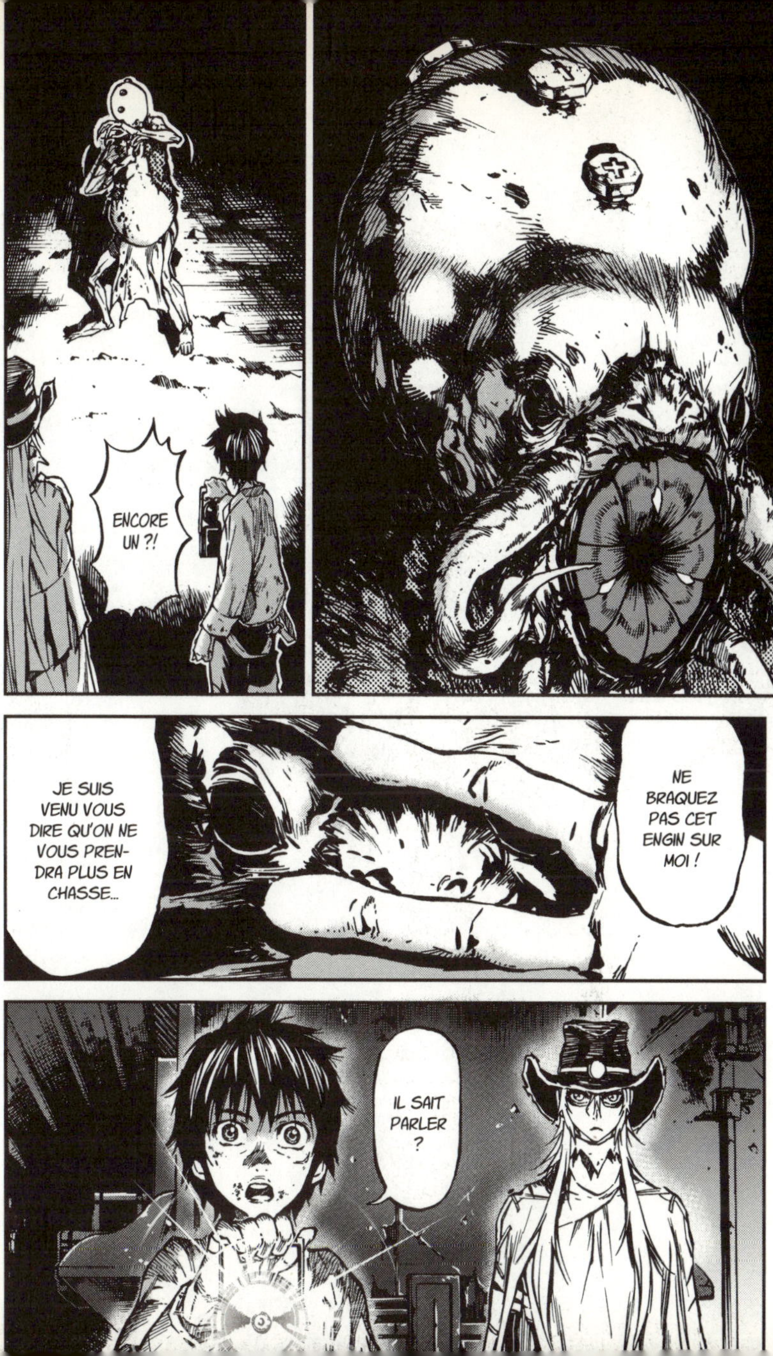
ENCORE UN ?!
NE BRAQUEZ PAS CET ENGIN SUR MOI !
JE SUIS VENU VOUS DIRE QU'ON NE VOUS PREN-DRA PLUS EN CHASSE...
IL SAIT PARLER ?

C'EST BON, L'EXPLOSION N'A PAS CAUSÉ DE DÉGÂTS...
TAP
ジャリ…
QUI VA LÀ ?!

BOUM

TIENS, VOILÀ UN PETIT AMUSE-GUEULE POUR PATIENTER !
BANG

UN PISTOLET DE DÉTRESSE ?! MAIS QU'EST-CE QUE TU VEUX FAIRE AVEC ÇA ?!
JE TE RASSURE, CE N'EST PAS UN S.O.S. QUE JE VAIS LUI ENVOYER !
CRIC
CRA!!!!
CRA!!!!
TU AS LA DALLE, SALE LOMBRIC ?

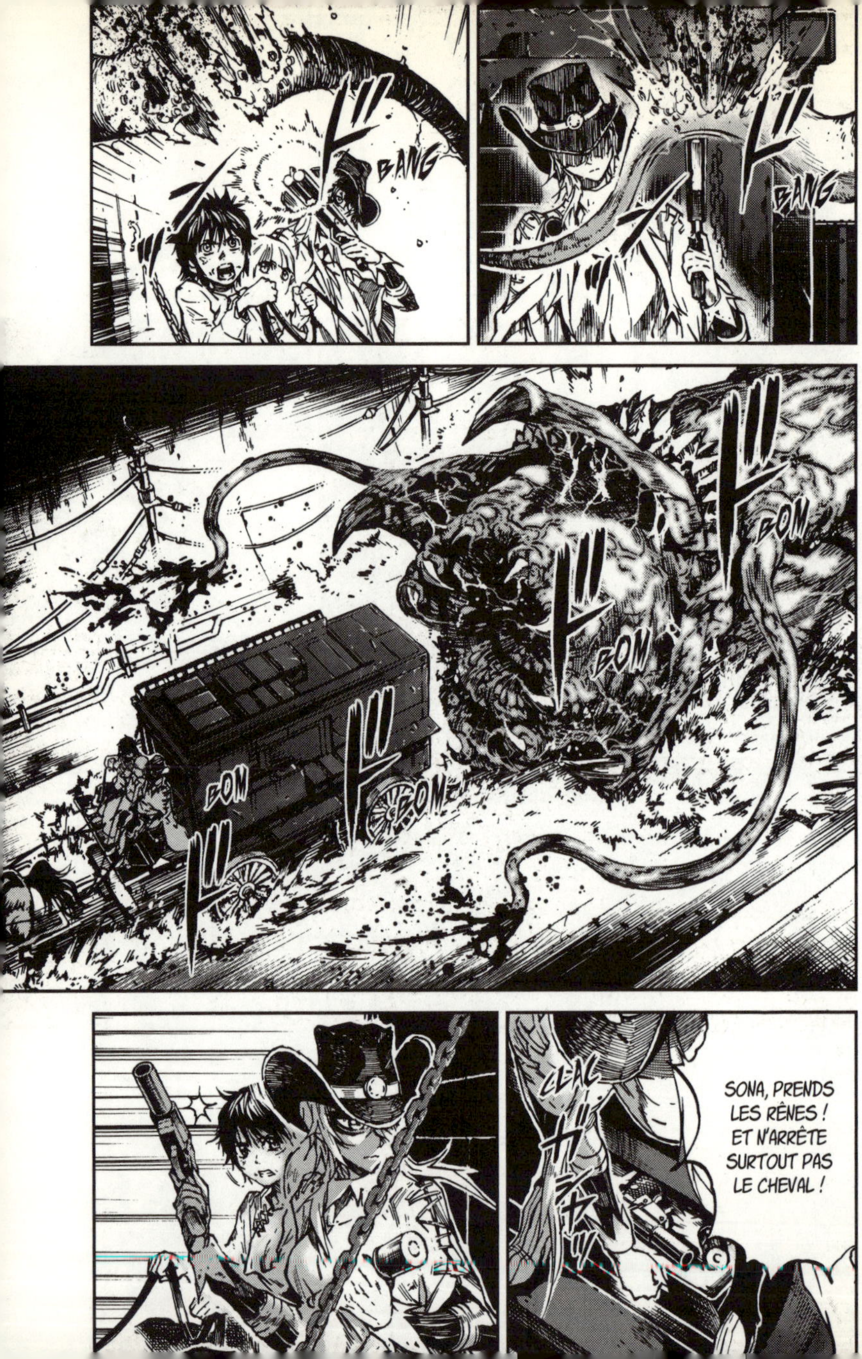
BANG
BANG
BOM
BOM
BOM
BOM
SONA, PRENDS LES RÊNES ! ET N'ARRÊTE SURTOUT PAS LE CHEVAL !
CLAC

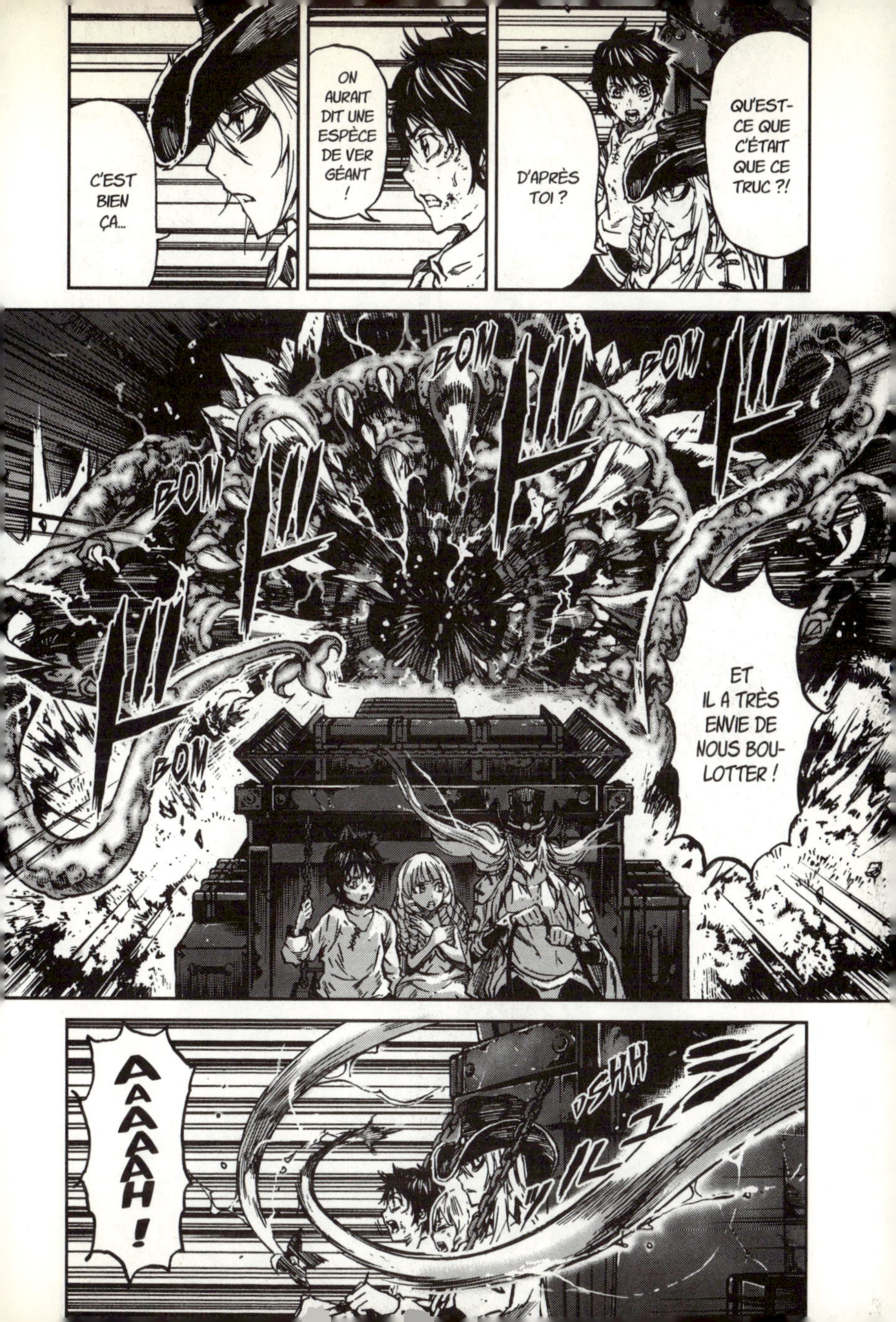
QU'EST-CE QUE C'ÉTAIT QUE CE TRUC ?!
D'APRÈS TOI ?
ON AURAIT DIT UNE ESPÈCE DE VER GÉANT !
C'EST BIEN ÇA...
BOM
BOM
BOM
BOM
ET IL A TRÈS ENVIE DE NOUS BOU-LOTTER !
DSHH
AAAAAH !

BOM
CHOMP

CROAR
ON DÉCAMPE !!

TCHI TCHI TCHI
TCHI TCHI TCHI

BOOOM
C'EST QUOI, CE BRUIT ?
RESTEZ SUR LE CHARIOT...
VSHHHH
ET SURTOUT, AGRIPPEZ-VOUS BIEN !!
VSHHH

TSS... MÊME SI J'AVAIS DES MUNITIONS INFINIES, DIFFICILE D'EN VENIR À BOUT...
BOM

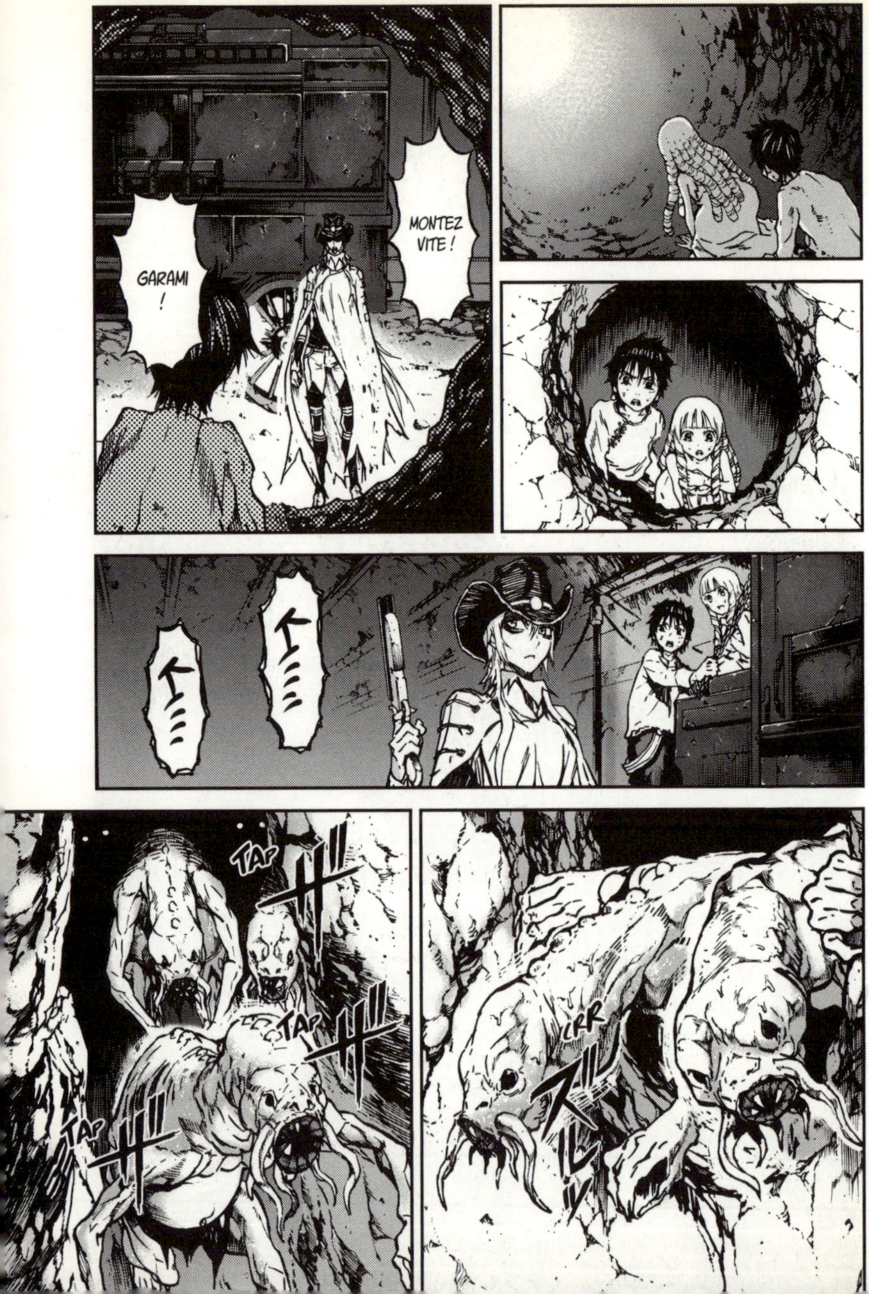
MONTEZ VITE !
GARAMI !
TAP
TAP
TAP
CRR

JE SUIS COMME TOI !!
MOI AUSSI, JE DOIS SURVIVRE POUR VENGER MES PARENTS !!
ALORS ARRÊTE DE REJETER TOUTE AIDE EXTÉRIEURE... SINON, TU VAS...
SONA...
ILS ARRIVENT ! DÉPÊCHE-TOI !

POURQUOI TU M'AS SAUVÉE ? JE NE T'AI JAMAIS DEMANDÉ DE M'AIDER...
MAINTENANT, ÇA SUFFIT !!
TU N'ES PAS SEULE AU MONDE !
SCHRAN ET GRAGA SE SONT SACRIFIÉS POUR TOI !
TU DOIS RESTER EN VIE...
POUR SAUVER TES SUJETS RÉDUITS EN ESCLAVAGE ! TU LEUR AS DONNÉ TA PAROLE !

FLASH
CLANG
CLANG
BAM
HAN
HAN
HAN
HAN

ALLEZ, DEBOUT !!
POF
TAP
TAP
TAP
TAP

STIGMATE 14 : DANS LES ENTRAILLES DE LA TERRE (2)

AIRI!!

BIEN... DÈS QU'ILS SORTENT, JE LES RÉCUPÈRE ET ON FONCE VERS LA SORTIE...
GROOOO
JE COMMENCE À COMPRENDRE POURQUOI CE SOUTERRAIN ÉTAIT CONDAMNÉ...
QUELQUE CHOSE DE TERRIBLE SE RAPPROCHE ...

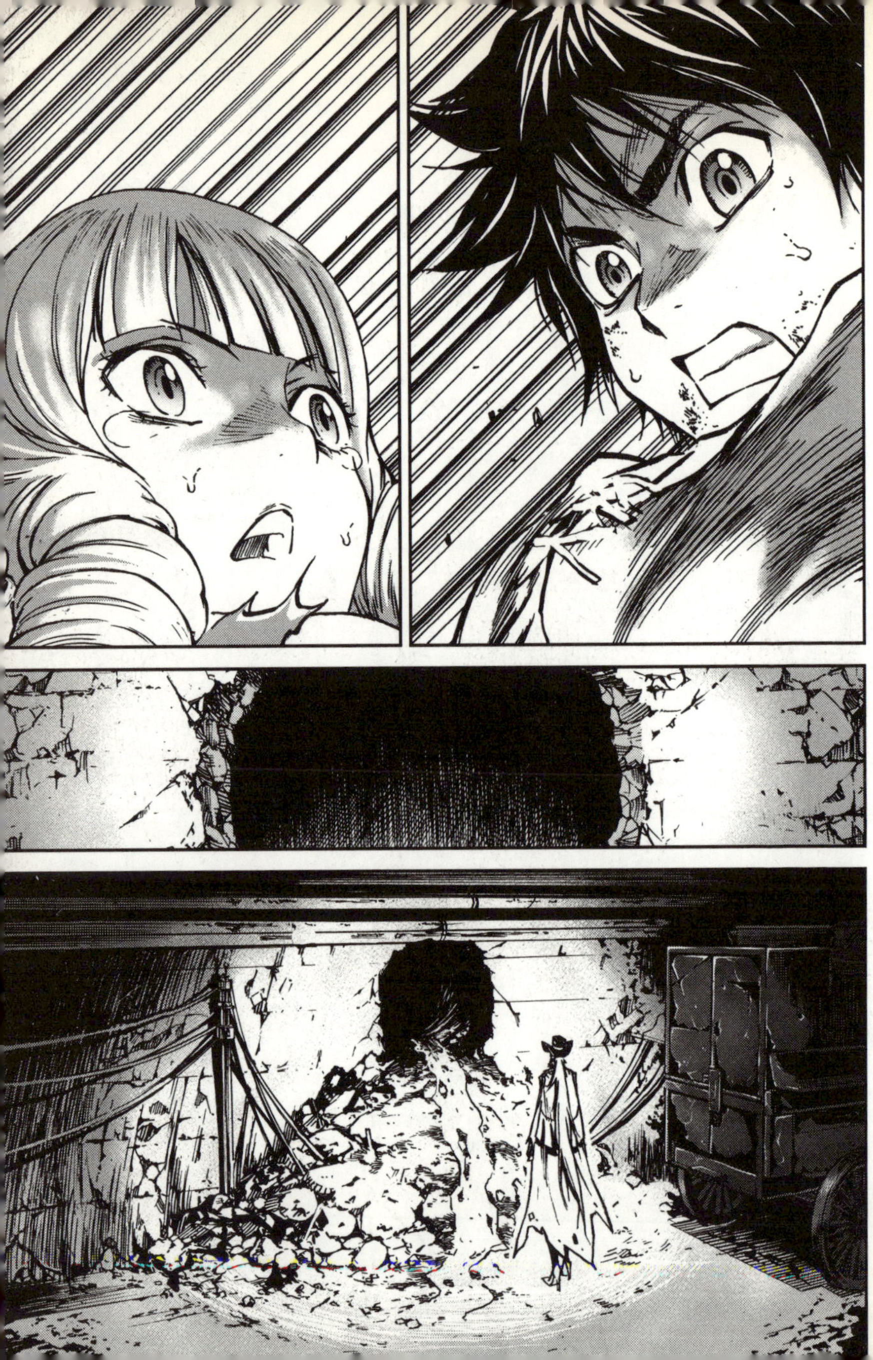

AIRIIII!

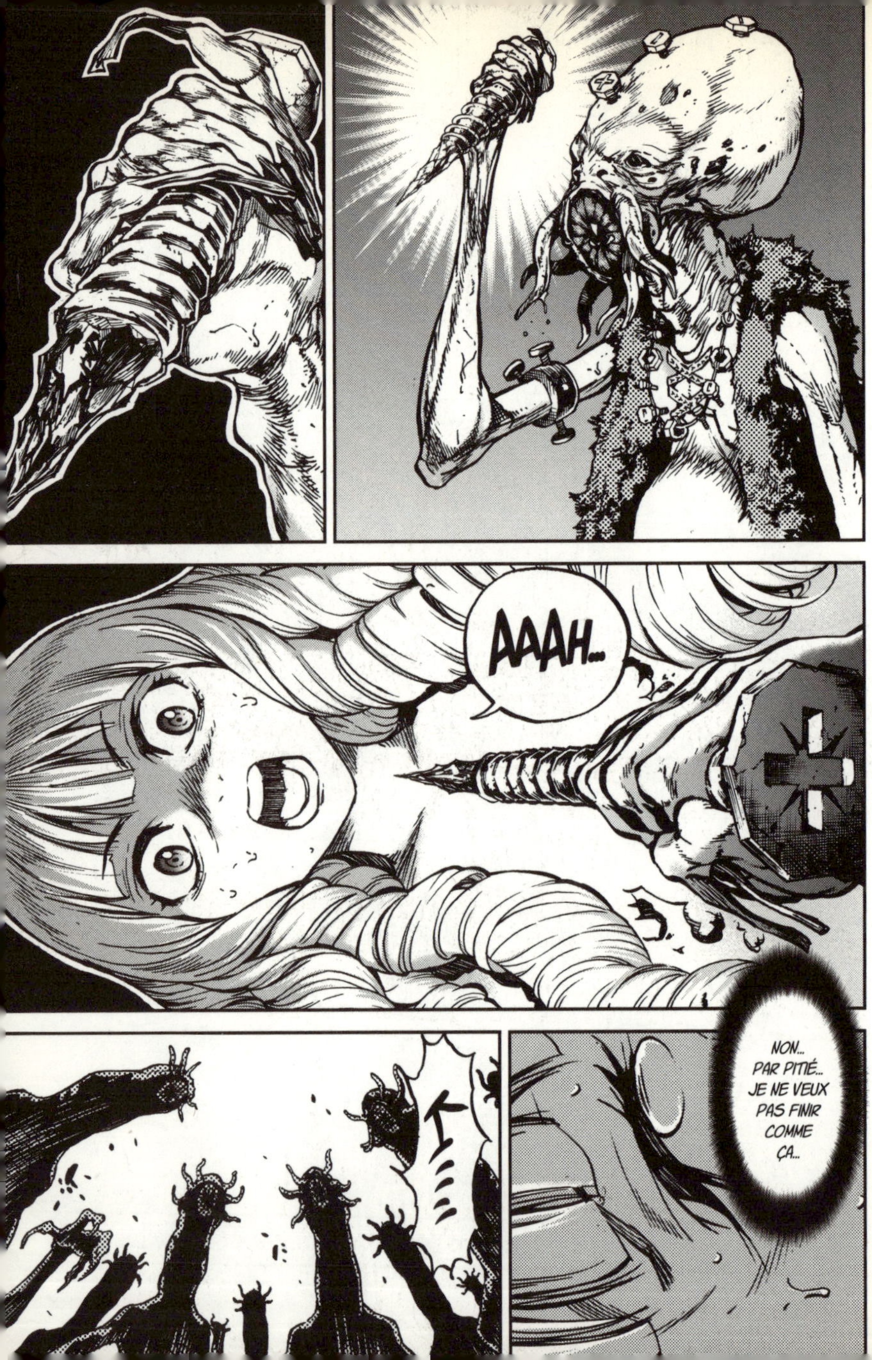
AAAH...
NON... PAR PITIÉ... JE NE VEUX PAS FINIR COMME ÇA...

AR-
RÊTEZ !
LÂCHEZ-
MOI !
VOUS
IGNOREZ À
QUI VOUS
AVEZ AF-
FAIRE ! JE
SUIS LA...
SCRITCH

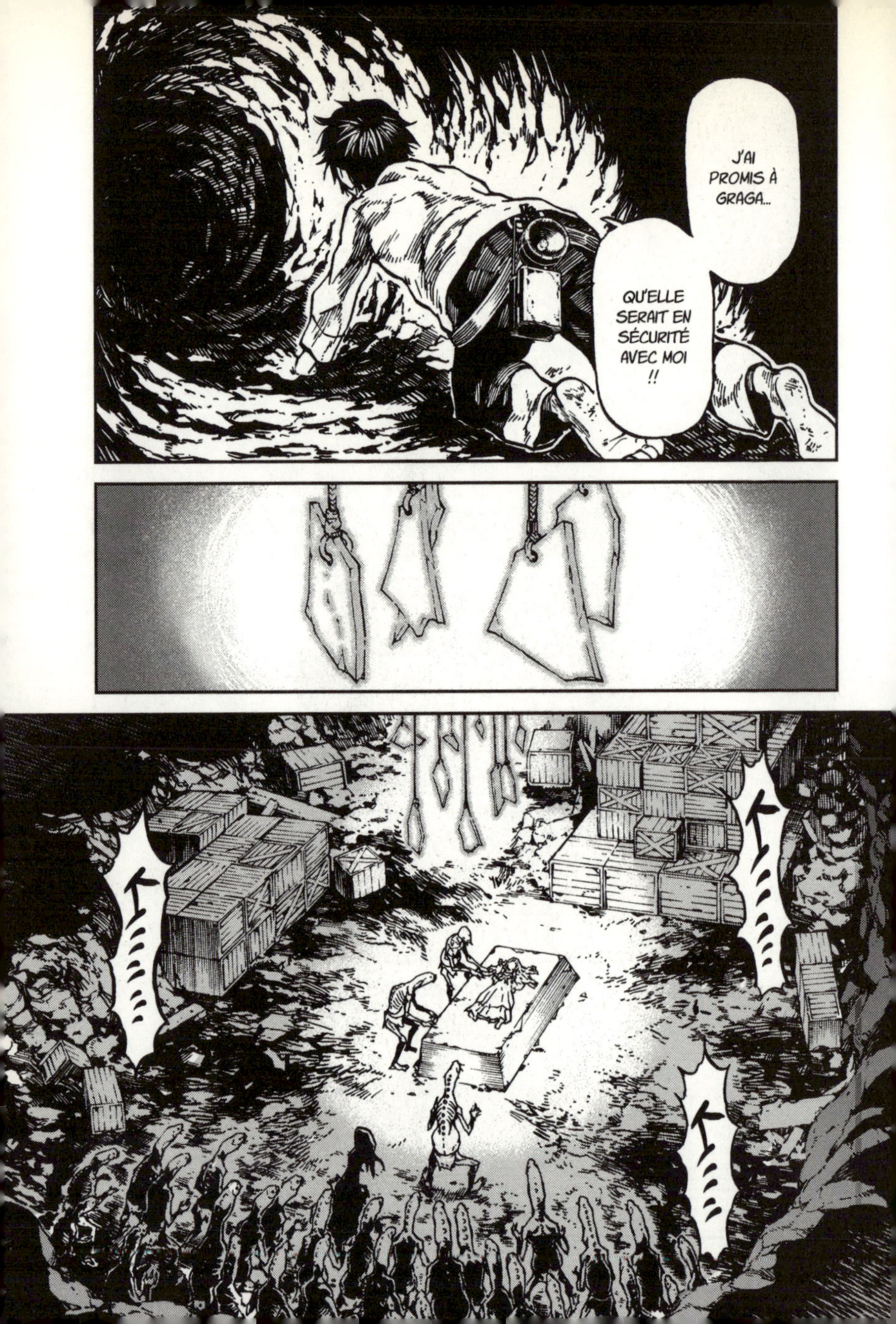
J'AI PROMIS À GRAGA...
QU'ELLE SERAIT EN SÉCURITÉ AVEC MOI !!

Kiiii
…
CLIC
GLOUPS
C'EST POURQUOI C'EST À TOI, ET NON À EUX, QUE JE CONFIE CETTE MISSION…
PROTÈGE LA PRINCESSE !
…

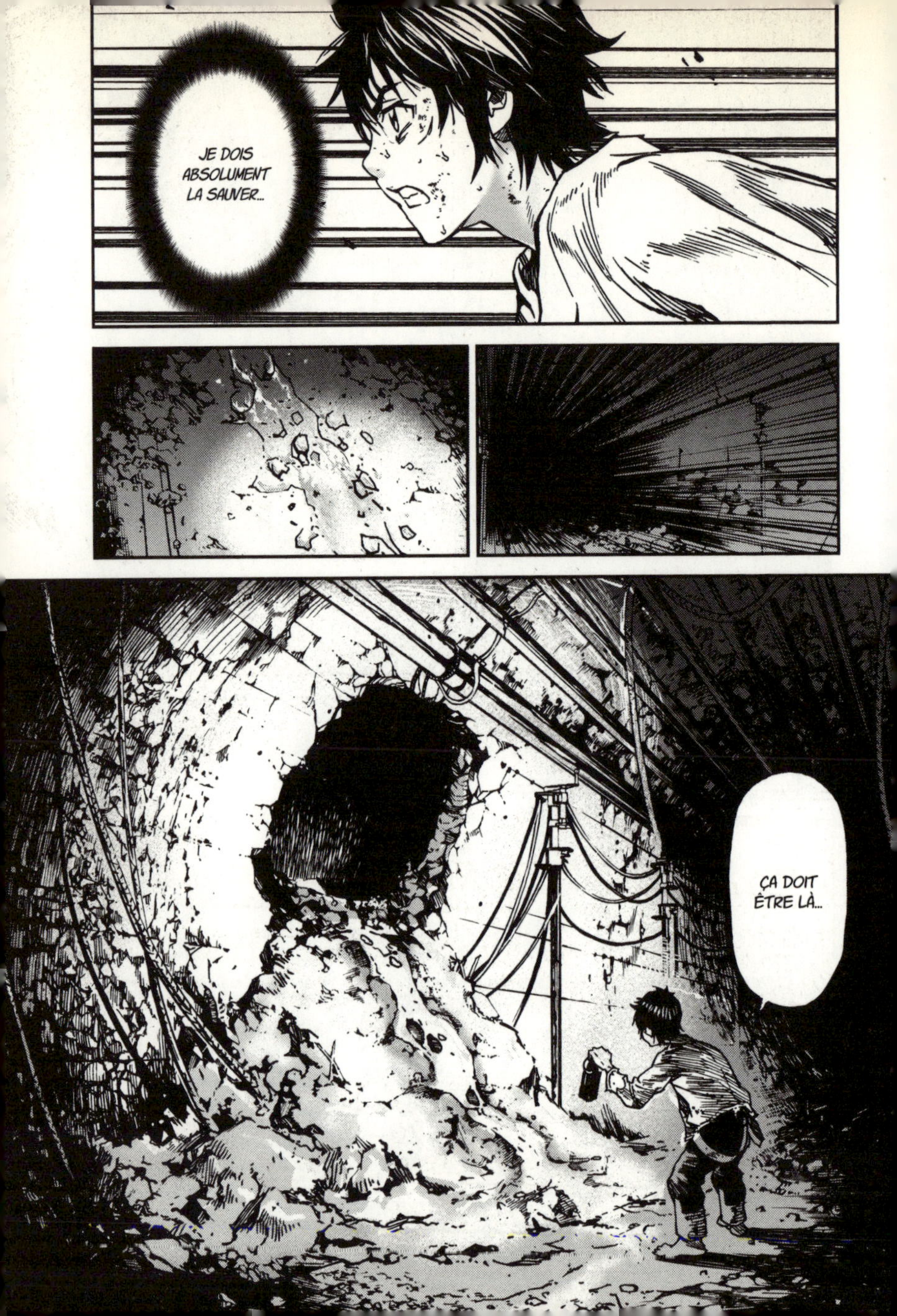
JE DOIS ABSOLUMENT LA SAUVER...
ÇA DOIT ÊTRE LÀ...

QU'EST-CE QUE ÇA PEUT ME FAIRE ?
C'EST TOI QUI AS ACCEPTÉ DE LA PROTÉGER, PAS MOI !
QUOI ?
...
J'AI COMPRIS !
JE VAIS LA SORTIR DE LÀ TOUT SEUL !!
TAP

NON ! LAISSEZ-MOI !!
AIRI !!
C'EST SANS DOUTE À CAUSE DE CES BESTIOLES QUE LE TUNNEL A ÉTÉ OBSTRUÉ...
CE N'EST PAS LE MOMENT D'ÉMETTRE DES HYPOTHÈSES !!
CES MONSTRES ONT ENLEVÉ LA PRINCESSE !

FLASH
TAP
ELLES CRAIGNENT LES LUMIÈRES VIVES...

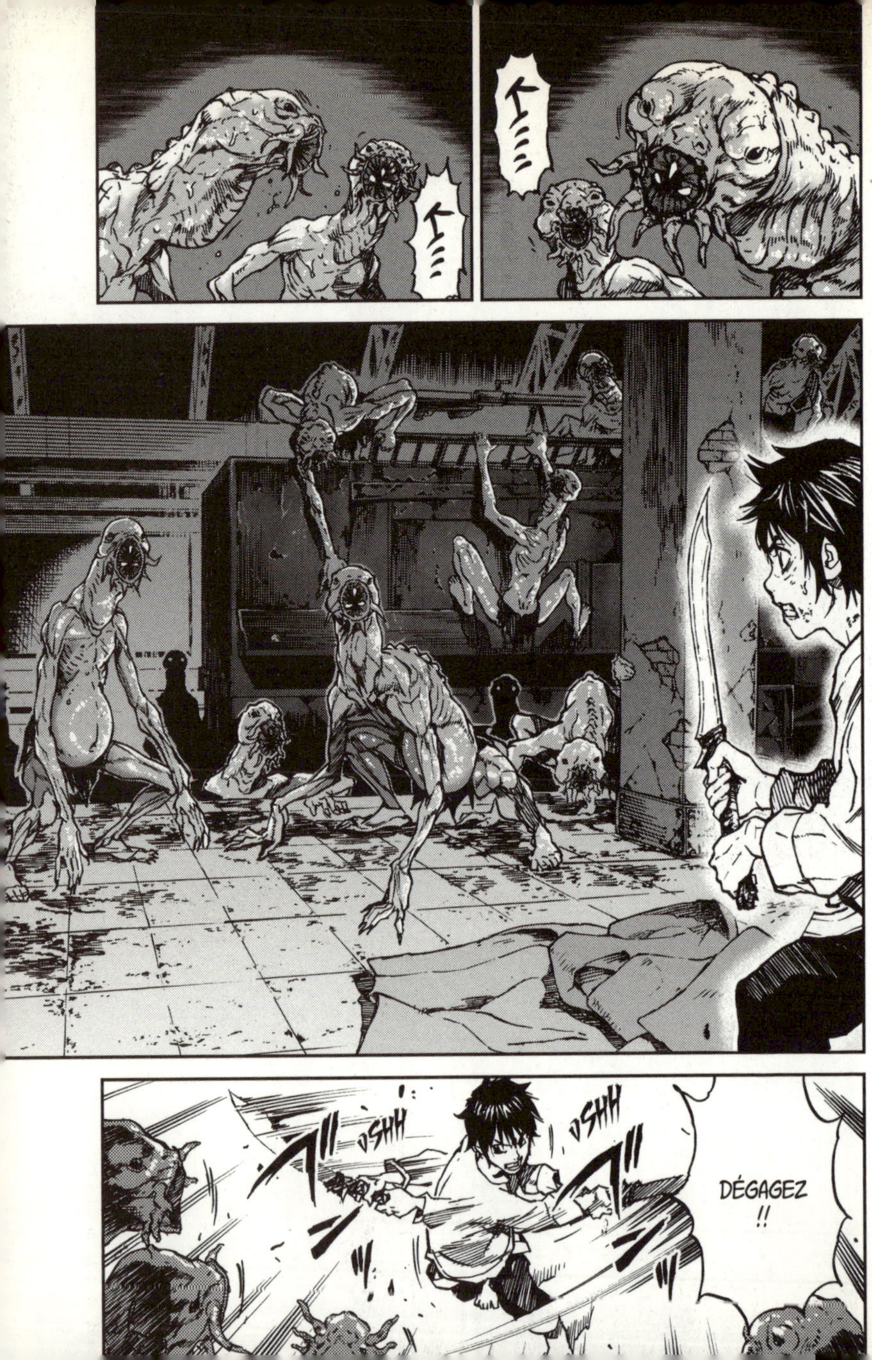
SHH
SHH
DÉGAGEZ !!

C'EST QUOI, CES CRÉATURES ?!
AAAH !!
PAF

HI-----!
HEIN!?

SES SUJETS SONT TRAITÉS COMME DES MARCHANDISES ET ELLE NE PEUT RIEN FAIRE POUR LES SAUVER...
ELLE NE SAIT PAS SI SON FIDÈLE SCHRAN EST TOUJOURS EN VIE...
ET SA VIE DÉPEND DÉSORMAIS D'UNE MARCHANDE D'ARMES ET D'UN GOSSE QU'ELLE CONNAÎT À PEINE ...
ELLE NE PEUT PLUS SE CRAMPONNER QU'À SA ROYALE ARROGANCE.
ELLE TE RESSEMBLE. TU ÉTAIS PAREIL, QUAND JE T'AI RAMASSÉ DANS LE DÉSERT...
PEUT-ÊTRE, MAIS MOI...
JE N'ÉTAIS PAS AUSSI INGRAT !

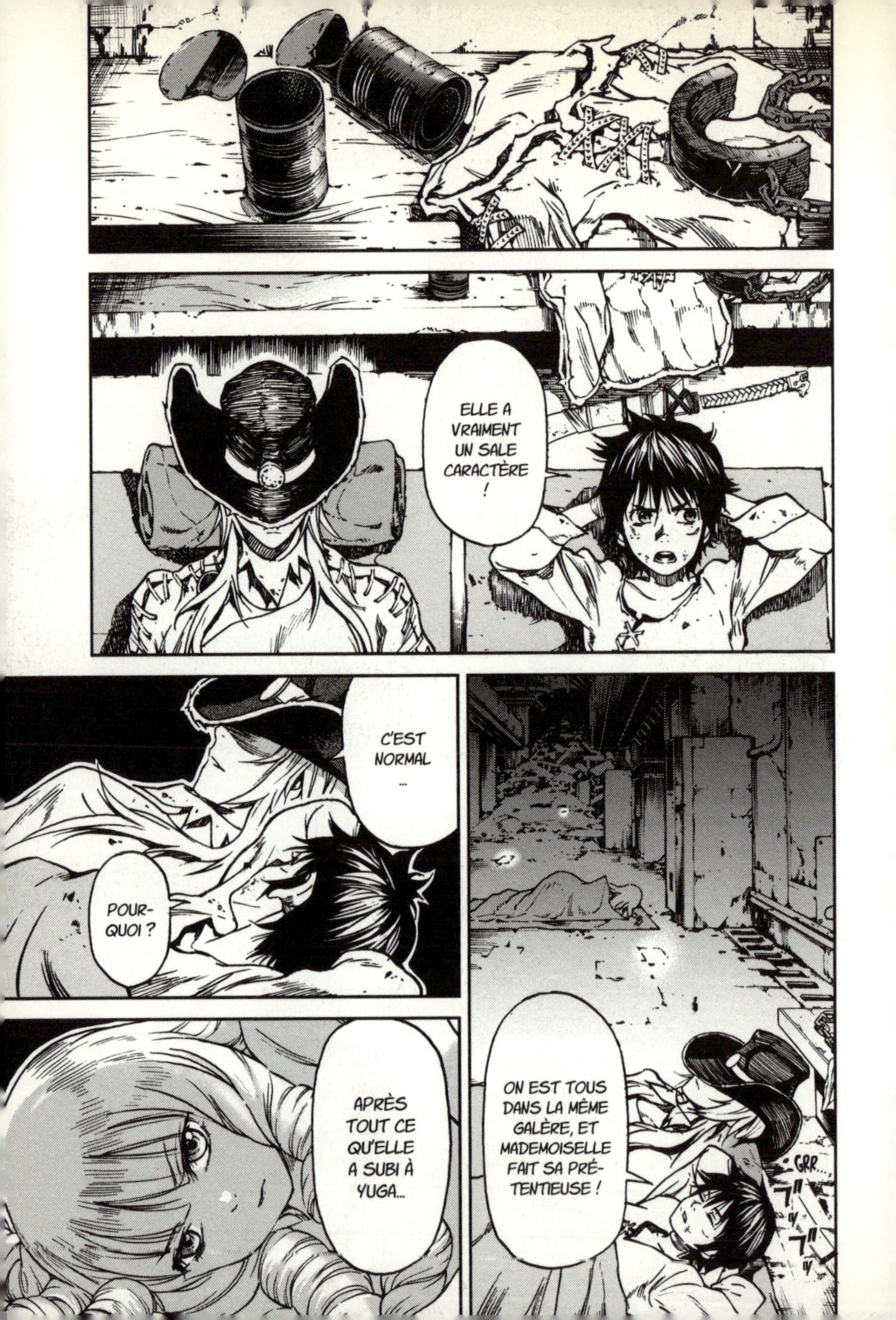
ELLE A VRAIMENT UN SALE CARACTÈRE !
C'EST NORMAL ...
POURQUOI ?
ON EST TOUS DANS LA MÊME GALÈRE, ET MADEMOISELLE FAIT SA PRÉTENTIEUSE !
GRR...
APRÈS TOUT CE QU'ELLE A SUBI À YUGA...

DIS...
TU NE MANGES PAS AVEC NOUS ?
POSE CETTE BOÎTE ET LAISSE-MOI !
JE SUIS UNE PRINCESSE... JE NE PARTAGE PAS MES REPAS AVEC DES ROTURIERS TELS QUE VOUS !
JE VOIS ...

POURQUOI CES PIERRES BRILLENT DANS LE NOIR ?
ELLES DOIVENT ÊTRE COMPOSÉES DE MATIÈRES LUMINESCENTES...
TIENS !
HEIN ?
C'EST À TOI QU'ON A CONFIÉ LE SORT DE CETTE FILLE, JE TE RAPPELLE...

TAP
コッ
LE SOL EST SEC...
ON VA DORMIR ICI CETTE NUIT.
C'EST LE NOM DE LA GARE ? JE N'ARRIVE PAS À LE LIRE...

MAIS J'AVAIS ENTENDU DIRE QUE CES TUNNELS AVAIENT ÉTÉ DÉSAFFECTÉS...
PARCE QU'ILS ÉTAIENT TROP DANGEREUX ET QU'ILS RISQUAIENT DE S'ÉCROULER. FINALEMENT, ILS SONT TOUJOURS LÀ... ILS SONT PLUS SOLIDES QU'ILS EN AVAIENT L'AIR.
C'EST POUR CETTE RAISON QU'ILS ONT ÉTÉ CONDAMNÉS ?
HMM... PEUT-ÊTRE...
QU'EST-CE QUE TU EN PENSES, PRINCESSE ?
...
CATACLOP
CATACLOP
TIENS ?
REGARDE, GARAMI... DES LUMIÈRES !

ROLL
ROLL
TU ES SÛRE QUE LA SORTIE EST DANS CETTE DIRECTION, GARAMI ?
DANS L'AUTRE SENS, LE TUNNEL EST CONDAMNÉ... ON N'A PAS LE CHOIX.
PERSONNE NE VA NOUS POUR-SUIVRE, ALORS ?
NON, PUISQUE TOUT S'EST EFFON-DRÉ. ÇA VA LEUR PRENDRE PLUSIEURS JOURS POUR DÉGAGER LA VOIE...
ROLL
ROLL
JE ME DEMANDE QUI A CREUSÉ CETTE GALERIE, ET DANS QUEL BUT...
IL PARAÎT QUE DANS LES TEMPS ANCIENS, IL Y AVAIT UN CHEMIN DE FER À CET ENDROIT...
UN CHEMIN DE FER ?!

REGARDEZ... C'EST LE PASSAGE SOUTERRAIN...

STIGMATE 13 : DANS LES ENTRAILLES DE LA TERRE (1)

カチッ
CLIC
VROUF
ボッ
VOUS N'ÊTES PAS BLES-SÉS ?
NON ...
BIEN... SONA, AL-LUME LES TORCHES !
VROUF

PUIS NOUS NOUS SOMMES ENFONCÉS DANS LES PROFONDEURS DE LA VILLE...
ET NOUS AVONS PLONGÉ DANS LES TÉNÈBRES...

BOUM
GRAGAAA!!
BRAOUM

VOILÀ COMMENT MEURT UN GARON !!

TA
TA
TA
RA
TA
TA
REGARDEZ, HUMAINS...

CATACLOP
CATACLOP
NE LA LÂCHE PAS ! VEILLE À CE QU'ELLE NE SOIT PAS ÉJECTÉE !
CLANG
HIII !
POURSUI-VEZ-LES !
NE LES LAIS-SEZ PAS S'ÉCHAP-PER !

TU AS INTÉRÊT À DEVENIR UN COU-RAGEUX GUERRIER POUR TE MONTRER DIGNE DE CET HONNEUR !
FILE, SONA !!
HI!!!

VITE, AIRI !
GRAGA ! SAUTE DANS LE CHARIOT !
ET PUIS QUOI ENCORE ?!
IL FAUT BIEN QUE QUELQU'UN RESTE POUR BLOQUER LE PASSAGE DERRIÈRE VOUS !
N'OUBLIE PAS, SONA...
JE T'AI CONFIÉ LES CROCS DE MES AMIS...

GRAGA...
MONTE DANS LE FOURGON, PRINCESSE...
COMME TU ME L'AS ORDONNÉ, JE NE LES LAISSERAI PAS TOUCHER À UN SEUL DE TES CHEVEUX !
CLAC

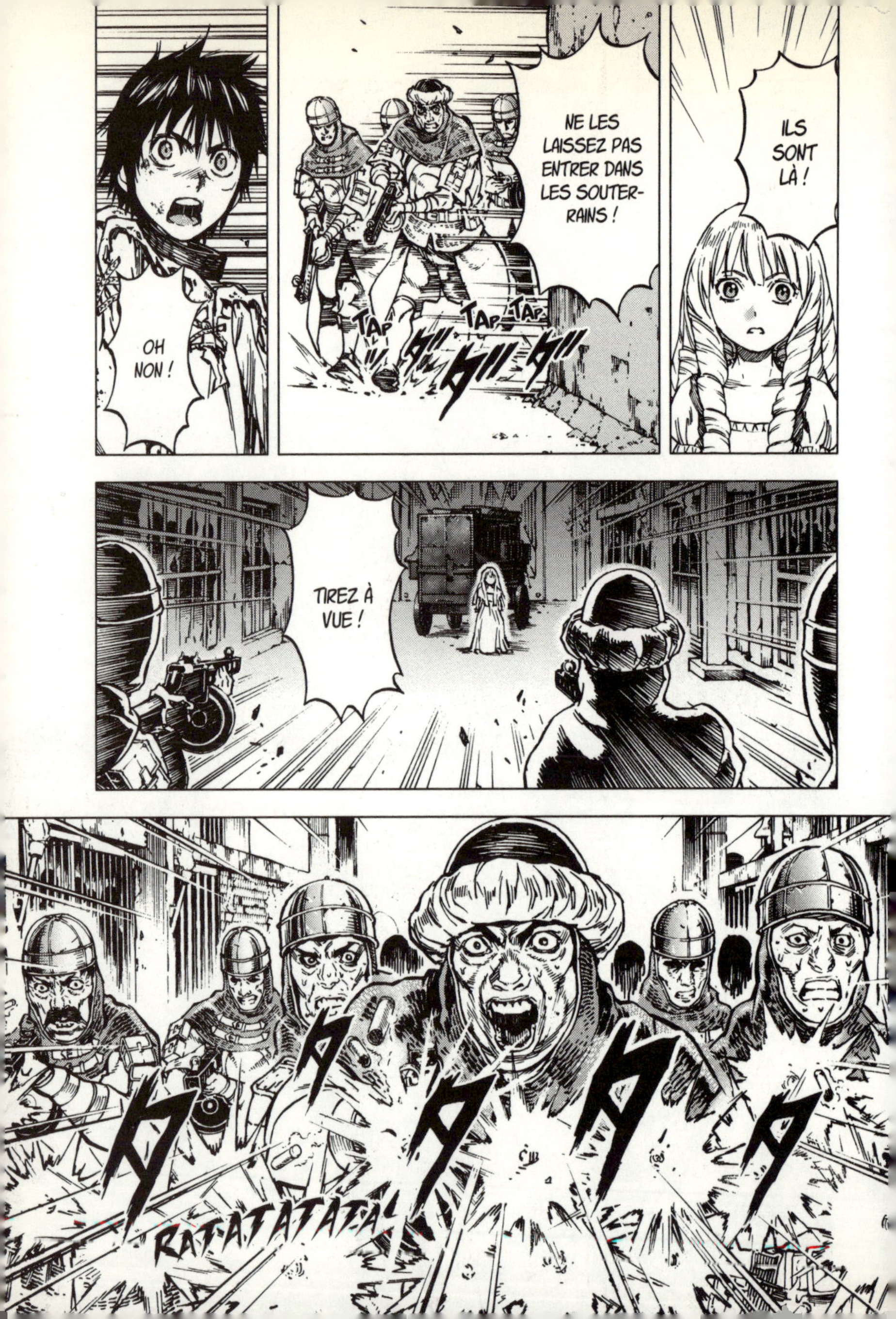
ILS SONT LÀ !
NE LES LAISSEZ PAS ENTRER DANS LES SOUTERRAINS !
TAP TAP TAP
OH NON !
TIREZ À VUE !
RATATATATA !

AIRI...
MAIS NE PERDEZ PAS ES-POIR !
VOUS ALLEZ SÛREMENT ÊTRE VENDUS, VOUS FINIREZ DONC BIEN PAR SORTIR DE YUGA UN JOUR OU L'AUTRE...
ALORS ATTENDEZ-MOI ! OÙ QUE VOUS SOYEZ, JE VOUS RETROUVERAI ET JE VOUS RAMÈNERAI AU PAYS !
JE VOUS EN FAIS LA PROMESSE !!!

JE NE PEUX PAS VOUS EMMENER !
!
POUR LE MOMENT, JE N'AI AUCUN POUVOIR...
MÊME SI J'OUVRAIS VOS CELLULES, IL ME SERAIT IMPOSSIBLE DE VOUS RAMENER À CARADIA !

LAISSE-MOI FAIRE... VOS POURSUIVANTS SERONT LÀ D'UNE SECONDE À L'AUTRE !
D'ACCORD, MAIS NE CASSE PAS MON FUSIL... IL EST PRÉCIEUX ET COÛTE TRÈS CHER.
TAP
EH, OÙ TU VAS ?!
TAP

NE NOUS LAISSEZ PAS ICI !
JE VOUS EN SUPPLIE !
SILENCE !!!
TAP
VOUS VOIR VOUS RACCROCHER AINSI À UNE PETITE FILLE PROUVE BIEN QUE MÊME SANS LES BOULETS QUI VOUS ENTRAVENT, VOUS RESTEREZ TOUJOURS DES MINABLES !
GRAGA !

PRINCESSE AIRI...
VOTRE ALTESSE !
AU SECOURS !!
PAR PITIÉ, PRENEZ-NOUS AVEC VOUS !
FAITES-NOUS SORTIR DE LÀ !
C'EST ...
CLANG

TAP
PRENDS LES RÊNES, SONA !
CLAC
TAC
CRIIIII

BANG
CLANG
TSS...

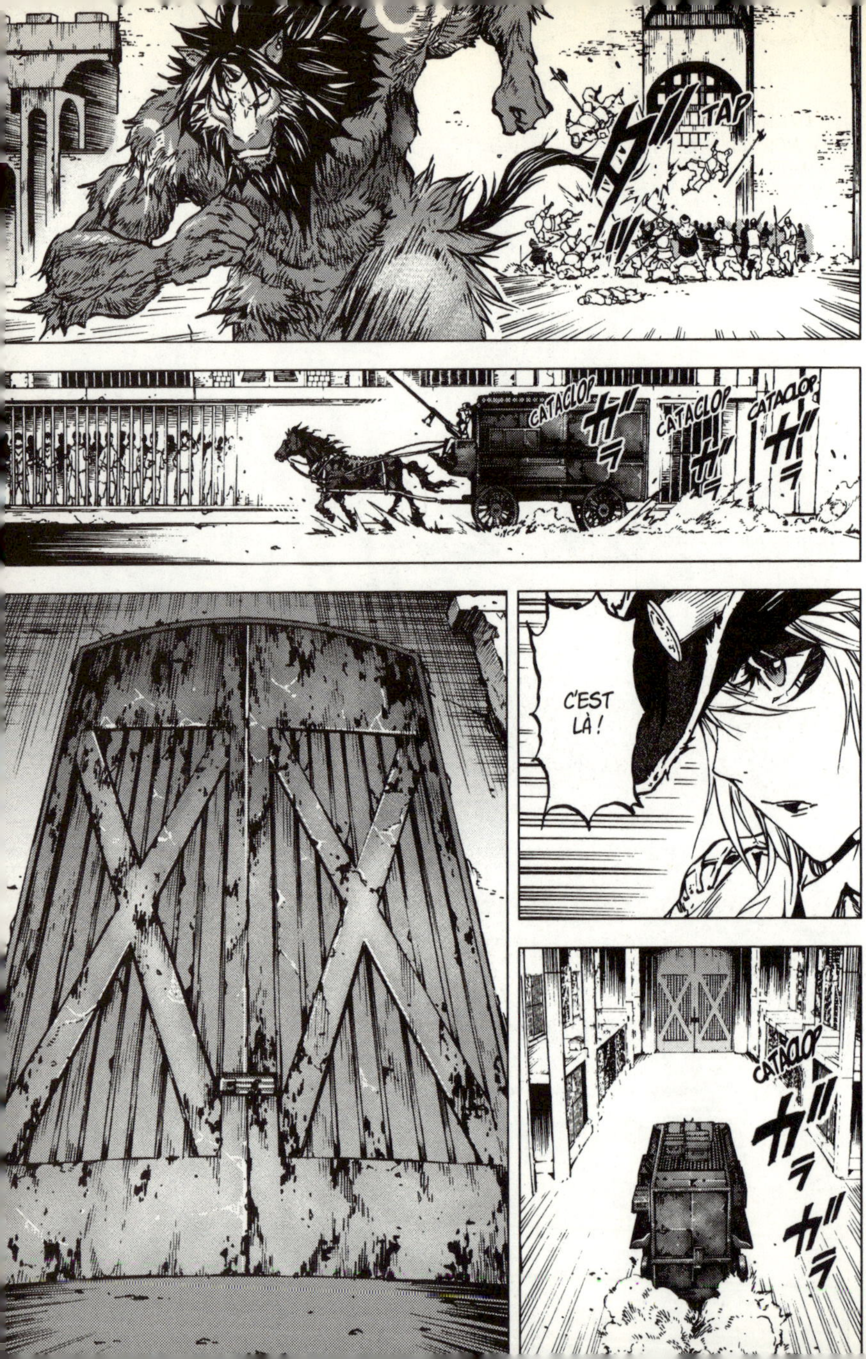
TAP
CATACLOP
CATACLOP
CATACLOP
C'EST LÀ !
CATACLOP

C'EST MOI QUI DOIS PÉRIR ICI ! VOUS VOULEZ ME VOLER MA MORT ?!
TU ES LE SEUL À POUVOIR PROTÉGER SON ALTESSE S'IL LUI ARRIVE MALHEUR !
PAR PITIÉ, GRAGA !
SAUVE NOTRE PRINCESSE !
CES SATANÉS HUMAINS SONT BIEN EXIGEANTS !
TAP

BAM
PLAF
GRAGA !
TAP TAP
RETOURNE DANS LE QUARTIER DES ESCLAVES ET AIDE LA PRINCESSE AIRI À S'ÉCHAPPER !
NOUS, ON SE BATTRA JUSQU'AU BOUT !

STIGMATE 12 : LE CHÂTEAU DE YUGA (5)
ROLL
ROLL

ROLL
ガラ
ROLL
ガラ
ROLL
ガラ
ON FONCE !
ドガア
BLAM

MAIS PAR CONTRE, JE SAIS TRÈS BIEN...
QUE C'EST MON DEVOIR D'ACCEPTER !
GRAGA AUSSI M'A CHARGÉ DE PROTÉGER CETTE FILLE ...
SI JE REFUSE, JE NE POURRAI PLUS ME REGARDER EN FACE DE TOUTE MA VIE !
TRÈS BIEN...
ALORS EMBARQUE LA GAMINE ET GRIMPE DANS LE CHARIOT.

J'ACCEPTE CE TRAVAIL !
TU TE SOUVIENS DE CE QUE JE T'AI DIT ? QUAND NOS ACTIONS NE SONT PAS À LA HAUTEUR DE NOS PAROLES, ON LA BOUCLE !
J'IGNORE SI J'Y ARRI-VERAI...

SONA ! TU T'ES ENDETTÉ AUPRÈS DE CETTE FEMME, SI J'AI BIEN COMPRIS...
TU DOIS DONC AVOIR ENVIE DE GAGNER DE L'ARGENT !
BIEN JOUÉ...
EFFECTIVEMENT, JE NE PEUX PAS LUI INTERDIRE D'ACCEPTER UNE COMMANDE.
FAIS COMME TU LE SENS, SONA...
MAIS C'EST TOI QUI DEVRAS MENER À BIEN CETTE MISSION, PAS MOI...
TU COMPRENDS CE QUE ÇA IMPLIQUE ? TU DEVRAS PROTÉGER CETTE PRINCESSE TOUT SEUL.
...

JE VOUS L'AI DÉJÀ DIT, JE NE FAIS PAS DANS LE TRANSPORT DE PERSONNES...
OUI, J'AI BIEN COMPRIS...
C'EST POURQUOI CE N'EST PAS À TOI QUE JE DEMANDE CE SERVICE, MAIS À CE JEUNE GARÇON !
À MOI ?

DANS CE CAS, JE VOUS CONFIERAI LA PRINCESSE AIRI !
MON GÉNÉRAL !
MAIS ...
SCHRAN ...
ÉCOUTEZ !
LES HOMMES D'OULARDT SONT BEAUCOUP PLUS NOMBREUX QUE NOUS !
SI ON S'EN TIENT À NOTRE PLAN INITIAL, IL FAUDRA PROTÉGER SON ALTESSE TOUT EN PERÇANT LES LIGNES ENNEMIES, ET RIEN NE NOUS GARANTIT QU'ON RÉUSSIRA ! C'EST PLUS SÛR POUR LA PRINCESSE DE S'ÉVADER AVEC CES GENS !

YUGA EST UNE VILLE FORTIFIÉE CONSTRUITE SUR LES RUINES D'UNE CITÉ ANTIQUE...
IL PARAÎT QUE SOUS SES RUES S'ÉTEND UN RÉSEAU DE GALERIES SOUTERRAINES DE PLUSIEURS DIZAINES DE CARMELS QUI DATE DE CETTE ÉPOQUE...
ON IGNORE OÙ IL MÈNE, ET MÊME S'IL DÉBOUCHE QUELQUE PART ! JE LE SAIS PARCE QUE NOUS AVIONS ENVISAGÉ DE FUIR PAR LÀ...
SON ENTRÉE SE SITUE TOUT AU FOND DU QUARTIER DES ESCLAVES...
ET SI J'AI EFFECTIVEMENT L'INTENTION DE PASSER PAR CE SOUTERRAIN ?

TAP
LA MILICE AVAIT L'AIR DE DIRE QUE LE BARON OULARDT ÉTAIT MORT… C'EST TOI QUI L'AS TUÉ ?
QUI SAIT ?
COMMENT COMPTES-TU QUITTER LA VILLE ?
JE NE VOUS OUVRIRAI PAS LE CHEMIN, SI C'EST CE QUE VOUS VOULEZ SAVOIR !
TU VAS EMPRUNTER LE PASSAGE SOUTER-RAIN ?
IL Y A UNE ROUTE SOUS TERRE ?

UNE PIÈCE D'OR...
GARDE-LA PRÉCIEUSE-MENT, C'EST TA RÉCOM-PENSE...
TU L'AS GAGNÉE À LA SUEUR DE TON FRONT.

...
TU IMAGINES CE QUE J'AI PU SUBIR, LÀ-BAS ?!
TAP
スタッ
TU PENSAIS QUE TU ALLAIS TE LA COULER DOUCE ?
JE T'AVAIS BIEN DIT QUE J'AVAIS UN BOULOT POUR TOI...

ALLEZ, MONTE, SONA... JE SUIS VENUE TE CHERCHER.
QU'EST-CE QUE TU ATTENDS ?
TU M'AS VENDU, JE TE SIGNALE !
OUI, CAR SEULS LES MARCHANDS D'ESCLAVES PEUVENT PÉNÉTRER DANS YUGA INTRA-MUROS...

CRAC
?!
GARAMI
!

BON SANG ! ILS AVAIENT UNE GATLING EN RÉSERVE !
IMPOSSIBLE DE PASSER !!
HA HA HA ! VOUS ÊTES FAITS COMME DES RATS, MES JOLIS !
ALLEZ ! SORTEZ, QU'ON VOUS TRANS-FORME EN PASSOIRE !
MAIS...

RATATATATA
BROOM
RATATATATA
BANG
AAAH !
À COUVERT !
BANG
BANG
BANG
BANG
BANG
BANG

TAP
TAP
TAP
!

ALORS, HUMAINS ?!
PERSONNE N'A ENVIE DE SE FAIRE UN NOM EN ABATTANT LE GARON NOMMÉ GRAGA ?!
DÉPÊCHEZ-VOUS !
SAUVEZ-VOUS PENDANT QU'IL RETIENT LES SOLDATS !
GRAGA...

YAAAH !
POF
BAM
BAM
BAM
BAM

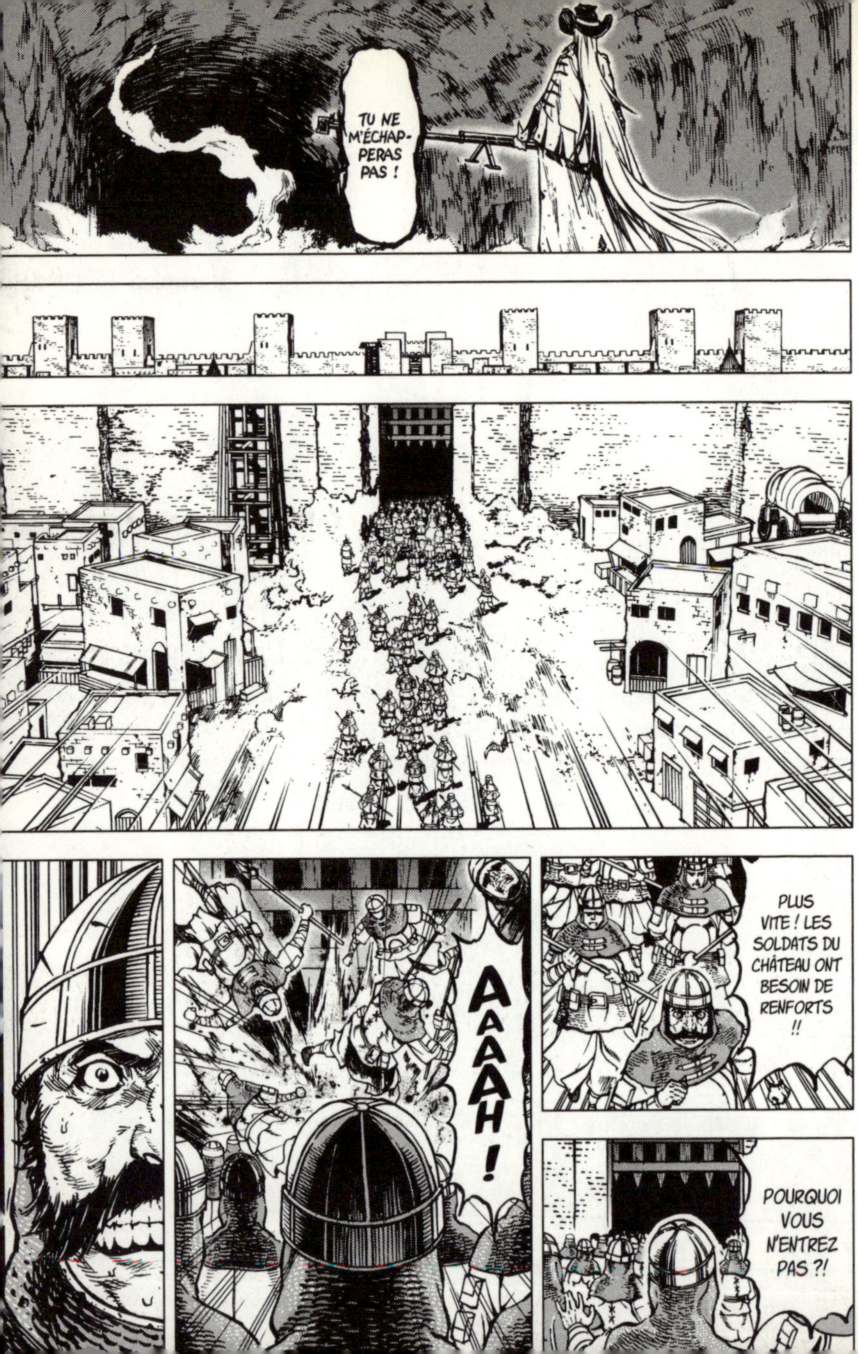
TU NE M'ÉCHAP-PERAS PAS !
AAAAH !
PLUS VITE ! LES SOLDATS DU CHÂTEAU ONT BESOIN DE RENFORTS !!
POURQUOI VOUS N'ENTREZ PAS ?!

HORS DE MA VUE !
BANG
FRSH
TU NE PERDS RIEN POUR ATTENDRE... OÙ QUE TU AILLES, JE TE RETROU-VERAI...
HÉ HÉ HÉ...
JE N'OUBLIERAI JAMAIS TON ODEUR... NI TA VOIX !

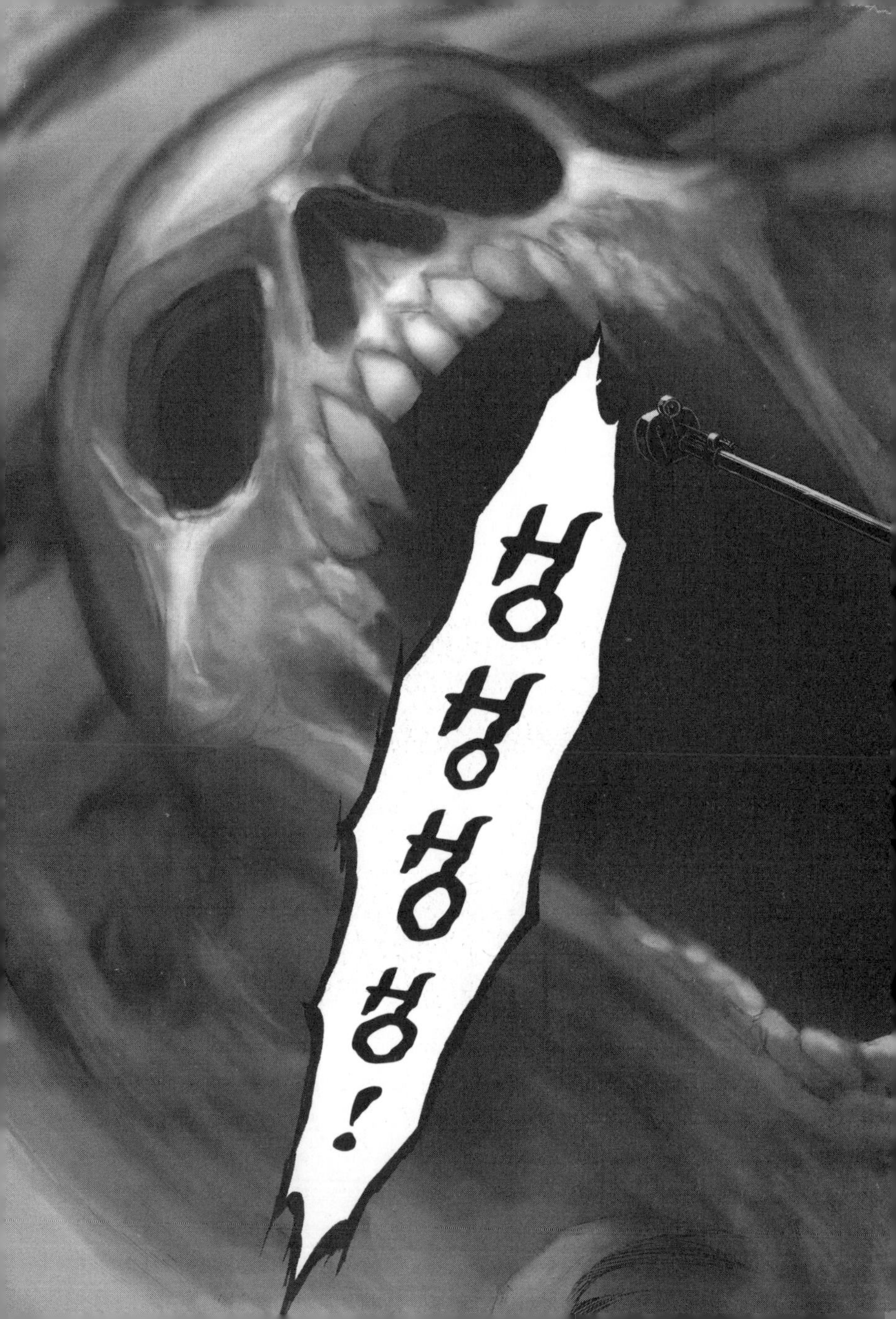
컹컹컹컹!

STIGMATE 11 : LE CHÂTEAU DE YUGA (4)

HÉ HÉ ...
DEPUIS LE TEMPS QUE JE TE TRAQUE...
J'AI DEVINÉ QUE TU ÉTAIS DERRIÈRE TOUT ÇA QUAND J'AI VU TON EMBLÈME...
BLACK WIDOW !!
JE SAIS APRÈS QUOI TU COURS DÉSESPÉRÉMENT...
AS-TU ENFIN TROUVÉ ...
CE QUE TU CHERCHES ?
GROOO

ENFIN JE TE RE-TROUVE ...
MA CHÈRE RIVALE !
C'ÉTAIT DONC BIEN TOI...

CLING
COMMANDE REMISE AU DESTINATAIRE... INUTILE DE SIGNER LE BON DE LIVRAISON !
GARAMI ...
FSH
ス...

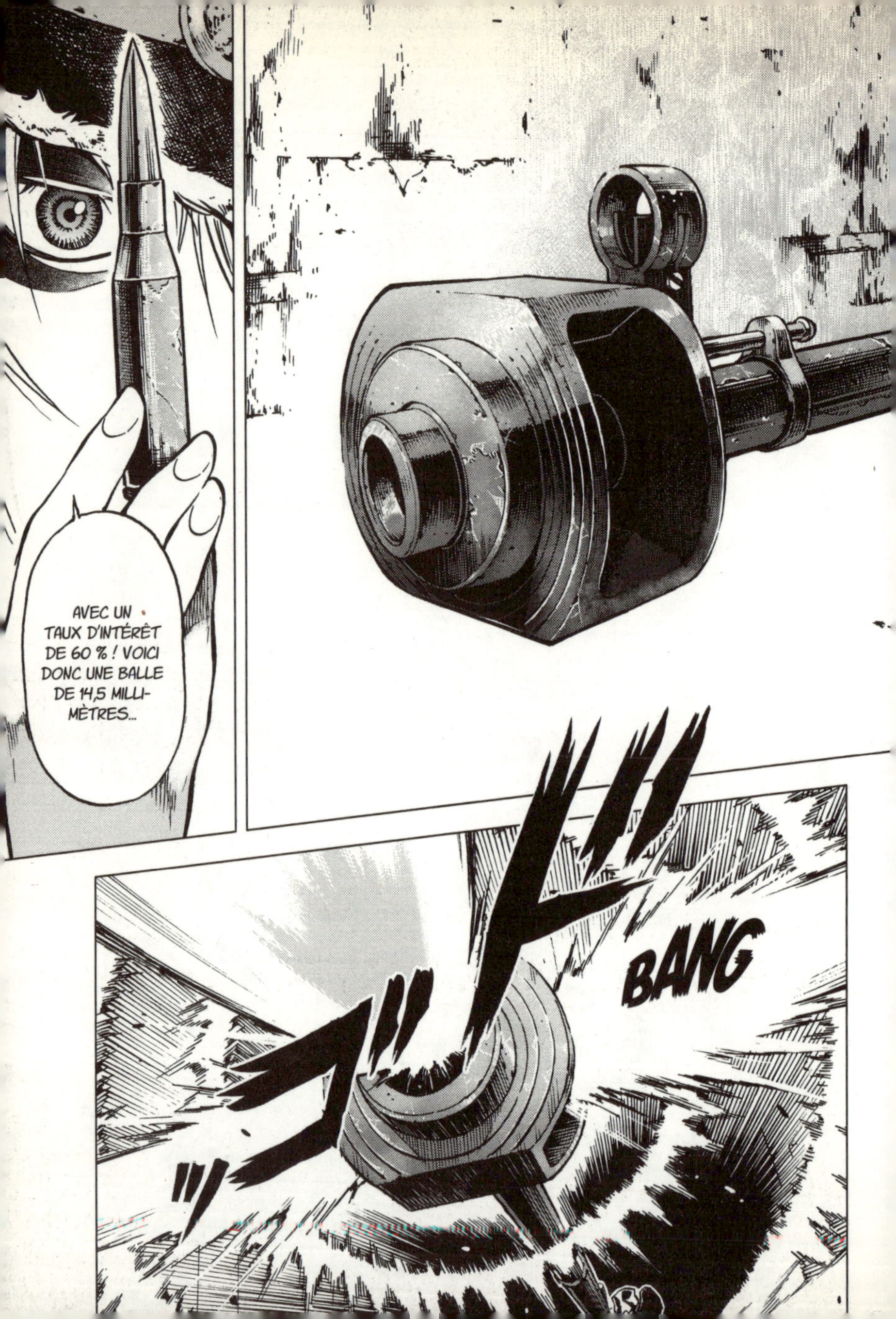
AVEC UN TAUX D'INTÉRÊT DE 60 % ! VOICI DONC UNE BALLE DE 14,5 MILLI-MÈTRES...
BANG

JE ME PRÉSENTE : GARAMI, VOYAGEUSE ET MARCHANDE D'ARMES...
JE SUIS ICI POUR UNE COMMANDE SPÉCIALE. QUELQU'UN M'A DEMANDÉ DE RENDRE SA BALLE AU BARON OULARDT ...
CLAC
HIIIII !

QUAND TU PRÊTES DE L'ARGENT, TU PRATIQUES TOUJOURS UN TAUX D'INTÉRÊT DE 60 %...
ET SI QUELQU'UN A LE MALHEUR DE NE PAS TE REMBOURSER, TU FAIS ENLEVER LES MEMBRES DE SA FAMILLE POUR LES VENDRE COMME ESCLAVES.
TU NE CONNAIS MÊME PAS LE NOM...
D'UNE SEULE DE TOUTES CES MALHEUREUSES ENVOYÉES À YUGA POUR Y ÊTRE TRAITÉES COMME DU BÉTAIL...
IL PARAÎT QUE TU AS FAIT TUER LE PÈRE D'UNE DE CES FILLES ALORS QU'IL TENTAIT DE LA SAUVER. TES HOMMES L'ONT DESCENDU D'UNE BALLE DE 9 MILLIMÈTRES COMME CELLE-CI...
GARDES !
PROTÉGEZ-MOI DE CETTE FOLLE !
TAP
TAP
FSH

AVEC TOUT LE DÉSORDRE QUI RÈGNE EN VILLE, J'ÉTAIS SÛRE QUE TU PASSERAIS PAR LES SOUTERRAINS...
CHER BARON.
QUI ES-TU ?
60 %...
QUOI ?!

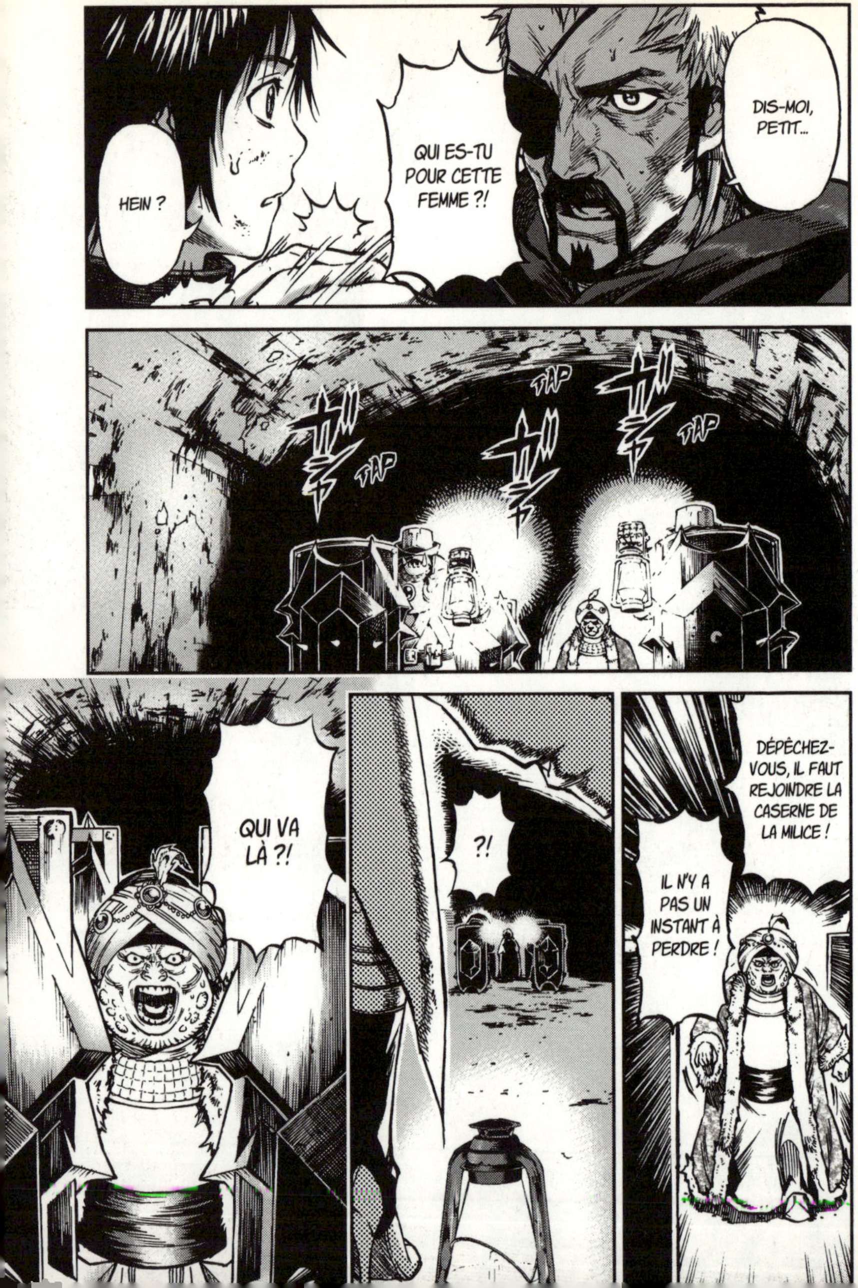
DIS-MOI, PETIT...
QUI ES-TU POUR CETTE FEMME ?!
HEIN ?
TAP
TAP
TAP
TAP
DÉPÊCHEZ-VOUS, IL FAUT REJOINDRE LA CASERNE DE LA MILICE !
IL N'Y A PAS UN INSTANT À PERDRE !
?!
QUI VA LÀ ?!

PROTÈGE LA PRINCESSE !
MAIS ...
UNE MINUTE !
C'EST JUSTE PARCE QUE GARAMI M'A VENDU QUE...
QUOI ?
TU AS BIEN DIT "GARAMI" ?

TU ES FERMEMENT DÉCIDÉ À NE PAS MOURIR TANT QUE TU N'AURAS PAS ATTEINT TON OBJECTIF, C'EST BIEN ÇA ?
!!
MAIS CES HOMMES SONT DIFFÉRENTS ! ILS SONT PRÊTS À PERDRE LA VIE ICI ET MAINTENANT...
C'EST POURQUOI C'EST À TOI, ET NON À EUX, QUE JE CONFIE CETTE MISSION...

!
JE NE VIS QUE POUR LE COMBAT...
POUR DÉCHI-QUETER MES ENNEMIS !
MAINTENANT QUE J'EN AI L'OCCASION, NE T'AVISE PAS DE M'EN EMPÊCHER !
CE N'EST PAS PARCE QUE TU ES UNE PRINCESSE QUE TU AS TOUS LES DROITS !
QU'EST-CE QUE TU RACONTES, GRAGA ?! TOUT À L'HEURE, TU AS ATTENDU SES ORDRES AVANT D'ATTAQUER !
SONA... J'AI ENFIN COMPRIS D'OÙ VENAIT CETTE LUEUR DANS TES YEUX...

NE TE MÉ-
PRENDS PAS,
FILLETTE...
FSH
ズ
TU CROYAIS
QU'UN GUERRIER
DE MA TREMPE
...
ALLAIT OBÉIR
ÉTERNELLEMENT
À UNE SIMPLE
GAMINE ?

OÙ VAS-TU, GUERRIER GARON ?!
ME BATTRE !
LES GARONS ONT L'OUÏE PLUS FINE QUE LES HOMMES...
J'ENTENDS DES SOLDATS ACCOURIR DES QUATRE COINS DE YUGA !
ATTENDS, GRAGA ! JE T'AI DONNÉ UN ORDRE, IL ME SEMBLE !
TU DOIS ME PROTÉGER !

GRÂCE À GRAGA !

VOTRE ALTESSE... NOUS SOMMES VENUS VOUS CHERCHER !
MAIS COMMENT AVEZ-VOUS FAIT POUR VOUS SOUSTRAIRE AUX GRIFFES D'OULARDT ?
C'EST GRÂCE À CE GARÇON...
ET AUSSI...

ガ
チャ
CLIC

À VOS ORDRES !
RAMENEZ-LA IMMÉDIATEMENT ! C'EST UN ARTICLE TRÈS PRÉCIEUX !
LA SECTE ZORA M'A DÉJÀ PAYÉ POUR ELLE !
COMMENT LA PRINCESSE A-T-ELLE PU SORTIR DU CHÂTEAU...
ET ESCORTÉE DE CETTE CRÉATURE, PAR-DESSUS LE MARCHÉ ?!
L'ARMÉE DE ZOMBIES NE SUFFIRA PAS ! LES GARDES SE SONT FAIT DÉCIMER ! RASSEMBLEZ TOUS LES SOLDATS DE LA VILLE !
ENCERCLEZ-CES MAUDITS CARADIENS ET PRIVEZ-LES DE TOUTE OPPORTUNITÉ DE RETRAITE !
BOM
JE PRENDS LE COMMANDEMENT ! ON VA PASSER PAR LES SOUTERRAINS, DIRECTION LE POSTE DE LA MILICE !
SUIVEZ-MOI !

BROM
TAP
TAP
BON SANG !
C'EST INVRAISEM-BLABLE !

VOTRE ALTESSE !
FSSH
YAAAH !!

BLAM
MON GÉNÉRAL ! REGARDEZ !

L'ÉTAU SE RESSERRE DE PLUS EN PLUS AUTOUR DE NOUS !
ON VA BIENTÔT ÊTRE À COURT DE MUNITIONS !
ÇA TOURNE MAL... ILS ONT CLAIREMENT L'AVANTAGE !
AAAH !
PLOF
BON SANG ! ÉCHOUER SI PRÈS DU BUT, C'EST VRAIMENT PITOYABLE...
SOMMES-NOUS DESTINÉS À NOUS FAIRE TUER PAR LES DÉPOUILLES DE NOS ANCIENS FRÈRES D'ARMES ?!

RAAAH !
ON ÉTAIT DANS LE MÊME BA-TAILLON...
TAP
TAP
GH...
ARAM !

IL FAUT LES BRÛLER POUR S'EN DÉBARRASSER !
ON N'A PAS D'HUILE SOUS LA MAIN !
TAP
ARRÊTEZ... C'EST MOI, ARAM !

CHERCHEZ LE BLASON DES SORCIERS ! IL DOIT SE TROUVER QUEL-QUE PART SUR LE CORPS DES ZOMBIES !
PAS LE TEMPS DE FAIRE DANS LE DÉTAIL !
RATATATA

GROOOOO
RA TA TA TA
AAAA

STIGMATE 10 :
LE CHÂTEAU DE YUGA (3)
QUESTION ARMES, J'AI TOUT CE QU'IL FAUT !

ATTRAPEZ-LA !
POF
ELLE EST COMPLÈTEMENT FOLLE ! ELLE N'EST MÊME PAS ARMÉE...
NE VOUS INQUIÉTEZ PAS...
?!

VRRR
QU'EST-CE QUI SE PASSE ?!
POURQUOI ON NE PEUT PAS ENTRER ?!
RENTREZ CHEZ VOUS ! LE BARON A DONNÉ L'ORDRE DE FERMER LES GRILLES !
RECULEZ !
FSH
TAP
À QUOI TU JOUES, TOI ?!
JE SUIS UNE MARCHANDE AMBULANTE... J'AI UNE AFFAIRE À CONCLURE AUJOURD'HUI.
LAISSEZ-MOI PASSER !

JE SUIS À TON SERVICE, PRINCESSE !
DONNE-MOI L'ORDRE DE ME BATTRE !
ガガガガ
CRIII

CRAC
PLAF
SONA ...
JE TE REMERCIE... NOTRE RENCONTRE ÉTAIT BEL ET BIEN DICTÉE PAR LE DESTIN ...

BAM
?!
HEIN ?

グルルオオ
GROAAAR
CRRR
グググ

ON VA VOIR SI TU ES TOU- JOURS AUSSI ARROGANTE...
SAUVE- TOI !!
UNE FOIS QUE JE T'AURAI REFAIT LE PORTRAIT !
VSHH

VOUS PENSEZ POU-VOIR DISPOSER DE MOI COMME BON VOUS SEMBLE ?!
HÉ HÉ HÉ... C'EST UN VRAI BIJOU, CETTE PETITE !
ARRIÈRE, MARAUD ! JE SUIS AIRI L. CARADIAM, PRINCESSE DU ROYAUME DE CARADIA !
LES MEMBRES DE MA FAMILLE SONT MAÎTRES DES ARCHIVES DEPUIS DES GÉ-NÉRATIONS !

TU VAS PAYER POUR LE COUP QUE TU M'AS MIS HIER, MORVEUX !
GH...
ET J'AI D'AUTRES RÉJOUISSANCES EN PERSPECTIVE !
MAIS RUGAN ...
TOUTE LA FORTERESSE EST EN ÉBULLITION ! ON FERA PORTER LE CHAPEAU AUX AUTRES ESCLAVES !
AIRI, SAUVE-TOI !
!!
MISÉRABLE ...

VLAN
SONA !!
LE MONSTRE S'EST BIEN FOUTU DE NOUS... IL NOUS A DIT QU'IL T'AVAIT AVALÉ TOUT ROND !
CE SALE MIOCHE A AIDÉ LA PRINCESSE À S'ÉVADER...

TU PARLES D'UNE PRINCESSE... C'EST À CAUSE DE TOI QU'ON EN EST LÀ !
C'EST LA FAMILLE ROYALE QUI A DÉCLENCHÉ CETTE MAUDITE GUERRE !
J... JE...
SI TU VEUX TE MONTRER DIGNE DE TON TITRE, LIBÈRE-NOUS !
ET RENDS-MOI MA FEMME ET MON ENFANT !
VIENS !
?!

VOTRE ALTESSE !
FAITES-NOUS SORTIR D'ICI !
PAR PITIÉ, SAUVEZ-NOUS !
TOUT EST DE TA FAUTE...

QUELLE ODEUR PESTILENTIELLE...
NORMAL, CE SONT LES ESCLAVES QUI SONT ENFERMÉS ICI...
JE T'AVAIS ORDONNÉ DE ME CONDUIRE À L'EXTÉRIEUR ! OÙ EST-CE QUE TU VAS ?
VOIR GRAGA ! JE VOUDRAIS LUI DEMANDER DE L'AIDE...
JE CROIS QUE SA CELLULE EST DANS LE COIN...
OH !
C'EST BIEN VOUS, VOTRE ALTESSE ?!

QUOI ?!
TU AS ENTENDU ? ON AURAIT DIT DES COUPS DE FEU...
DÉSOLÉ, JE N'AI PAS FAIT ATTEN-TION...

ALLEZ DIRE À CES MESSIEURS DE LA SECTE ZORA QUE L'ARMÉE FOURNIE PAR LEURS SOINS NOUS EST PARTICULIÈRE-MENT UTILE...
BIEN !
ET QUE JE LEUR LIVRERAI LA PRINCESSE DANS LA JOUR-NÉE...
MES-SIRE !
QUE SE PASSE-T-IL ?
LA PRINCESSE AIRI A DISPARU ! ELLE N'EST PLUS DANS SA CHAMBRE !

QUELLE ABOMINATION !
ÉCOUTEZ ! LES HOMMES QUE VOUS VOYEZ NE SONT QUE DES CADAVRES !
PAS DE PITIÉ !
À L'ASSAUT !!!

QU'Y A-T-IL, MAKIRI ?!
CE SOLDAT, C'EST NASSIM ! IL ÉTAIT SOUS MES ORDRES DANS LES LIGNES DE DÉFENSE, À LA FRONTIÈRE... ET IL EST MORT LÀ-BAS, SUR LE CHAMP DE BATAILLE !
NON ! CE N'EST PAS POS-SIBLE !
QUOI ?!
CETTE ARMÉE DE MORTS-VIVANTS...
EST COM-POSÉE DE SOLDATS CARADIENS !!

RATATATA
FLOP
ムク
HOUUU...
TAP
ヨロッ
HOUUU...
FLOP
ムク
FLOP
ムク
DES ZOMBIES ?
!!

EN FORMATION SERRÉE ! ILS NOUS ENCER-CLENT !
RESTEZ GROUPÉS !
TIREZ ! BRISEZ LEURS RANGS !

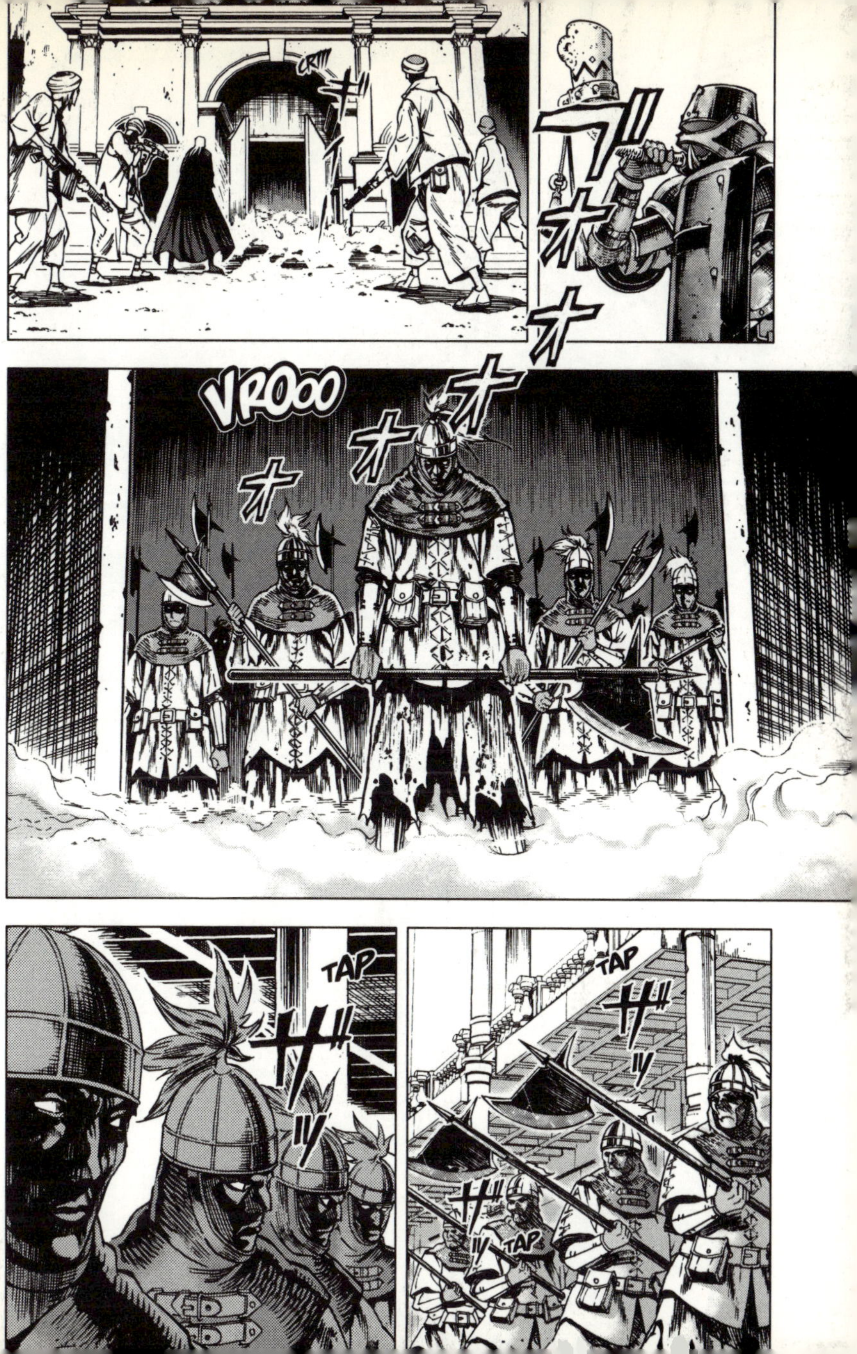
VROOO
TAP
TAP
TAP

TING
TING
TING
TING
CLANG
REVIENS, VERMINE !!
HO HO HO... LES ARMES JOUENT EN VOTRE DÉFAVEUR, GÉNÉRAL SCHRAN !

VOUS AVEZ RÉUSSI À VOUS PROCURER DES ARMES ? FÉLICITATIONS ! MAIS LAISSEZ-MOI VOUS DIRE QUE ÇA NE SE FAIT PAS, DE RECOURIR À LA FORCE LORSQU'ON VOIT QU'ON VA PERDRE UNE ENCHÈRE...
LES CARADIENS SONT MAUVAIS JOUEURS !
TU TOMBES BIEN, OULARDT ! LAISSE-MOI TE DIRE EN FACE QUE TON MARCHÉ AUX ESCLAVES...
CLAC
IL ME DONNE ENVIE DE VOMIR !
RA TA TA TA TA TA TA
RA TA TA TA

STOP !!
TIENS, TIENS... NE SERAIT-CE PAS CE CHER GÉNÉRAL SCHRAN ?
QUEL PLAI-SIR DE VOUS RECEVOIR DANS MON HUMBLE DEMEURE !

ダッ ダッ ダッ
TAP
TAP
TAP
PREMIÈRE TROUPE, SUIVEZ-MOI ! NOUS ALLONS ENFONCER LES PORTES DU CHÂTEAU !
DEUXIÈME TROUPE, FAITES EN SORTE QUE LA VOIE SOIT LIBRE QUAND ON RESSORTIRA !
!!

CETTE ENCEINTE SERA NOTRE TOMBEAU !
PRENEZ TOUS UNE ARME !

ALLEZ REJOINDRE LES...
TOC
!
PSHHH
QU'EST-CE QU...
TCHAC

CLIC
JE SENS LA NERVOSITÉ M'ENVAHIR...
CRIII
POURTANT, UN CHEF MILITAIRE SE DOIT DE GARDER SON SANG-FROID...
EH, VOUS, LÀ-BAS !
TAP TAP
QUE FAITES-VOUS ICI ? VOUS VOUS ÊTES ÉGARÉS ?

UN FOURGON NOIR COMME LA NUIT, TIRÉ PAR UN CHEVAL ZOMBIE ...
STIGMATE 9 : LE CHÂTEAU DE YUGA (2)

COMMENT ÊTRE SÛRS QUE LES ARMES SE TROUVENT À L'INTÉRIEUR ?

ザッ
TAP
TAP
ザッ
ザッ
TAP
MON GÉNÉRAL... LE CHARIOT CORRES-PONDANT À LA DESCRIP-TION EST LÀ !

CE JOUR RESTERA GRAVÉ DANS LES MÉMOIRES...

LES PROPRIÉTAIRES D'UN GRAND DOMAINE DU SUD SONT VENUS M'ACHETER PLUSIEURS HOMMES À L'AVANCE. ILS ONT BESOIN DE BRAS, QU'ILS DISENT !
HA HA HA !
ÇA SE VEND BIEN, LE CARADIEN...
TAP
LA JOURNÉE S'ANNONCE FRUCTUEUSE !!
DONG
TU N'ES PAS DE MON AVIS, MA GRANDE ?
SI...

DING
DONG
C'EST QUOI, CE BOUCAN ?
DING
DONG
CES CLOCHES SONNENT L'OUVERTURE DU MARCHÉ AUX ESCLAVES...
MON PEUPLE VA ÊTRE VENDU...
DING
DONG

JE VOUS REMERCIE, JE VAIS POUVOIR MOURIR L'ESTO-MAC PLEIN...

AINSI, JE N'AI AUCUN REGRET !!

COMME TU ES UN DUR À CUIRE, ON VA T'OFFRIR DES BRACELETS FAITS SUR MESURE !
ET LE GAMIN, IL EST OÙ ?
IL NE RESTE PLUS LE MOINDRE PETIT OS ?
JE L'AI DÉVORÉ ...
PUISQUE VOUS M'EN AVEZ GENTIMENT FAIT CADEAU !

DING
DONG
CLANG
CLANG
DEBOUT, LÀ-DEDANS ! C'EST L'HEURE !
CLANG
CLANG
AVALEZ VITE VOTRE PETIT-DÉJEUNER ET DÉCRASSEZ-VOUS LE VISAGE !
CLANG
CLANG
VOUS FERIEZ MIEUX D'AVOIR BONNE MINE AVANT LE PASSAGE DES NÉGOCIANTS...
SI VOUS VOULEZ TROUVER UN ACHETEUR !
EH, LA BÊTE ! J'AI UN MESSAGE POUR TOI... TU SERAS EXÉCUTÉ CE SOIR !
TU ES CONTENT ?

LE CHARIOT DE L'ARMURIÈRE EST DÉJÀ DANS LA PLACE !
DING
DONG
SOYEZ TOUS PRÊTS...
À ME DONNER VOS VIES !

MOI, JE DEMANDERAI À VOIR OULARDT AFIN DE NÉGOCIER UNE NOUVELLE FOIS LE PRIX DE LA PRINCESSE...
LES GARDES ME LAISSERONT PASSER SANS DIFFICULTÉ...
MAIS MON GÉNÉRAL, SI LE BARON SAIT QUE NOUS COMPTONS RÉCUPÉRER SON ALTESSE PAR LA FORCE, NE VA-T-IL PAS SE MÉFIER ?
JE PENSE L'AVOIR BIEN CERNÉ... C'EST LE GENRE D'HOMME QUI SOUS-ESTIME SON ADVERSAIRE DÈS QU'IL CONNAÎT SON POINT FAIBLE...
POUR LUI, UNE VINGTAINE D'HOMMES QU'IL CROIT DÉSARMÉS NE REPRÉSENTE AUCUN DANGER !
C'EST SANS COMPTER SUR NOTRE BOTTE SECRÈTE...

CETTE NUIT, NOUS AVONS ÉTÉ ATTAQUÉS PAR DES ZOMBIES ENVOYÉS PAR JE NE SAIS QUI...
OULARDT CONNAÎT FORCÉMENT NOS INTENTIONS... IL Y A DE GRANDES CHANCES QUE NOTRE PLAN AIT ÉTÉ ÉBRUITÉ...
AUSSI, NOUS ALLONS COMMENCER L'OPÉRATION PLUS TÔT QUE PRÉVU !
VOUS ALLEZ PÉNÉTRER DANS YUGA INTRA-MUROS AU MOMENT DE L'INSPECTION DES MARCHANDISES... N'OUBLIEZ PAS VOTRE LICENCE !

LES MARCHANDS VIENNENT INSPECTER LES ESCLAVES QUI SERONT MIS AUX ENCHÈRES...
BIEN, ALLEZ-Y !
ET EMPORTENT LES PRISONNIERS QU'ILS COMPTENT VENDRE SUR LE MARCHÉ...
VOUS POUVEZ ENTRER !!
DONG
DING
DONG
DING
C'EST LE MOMENT IDÉAL POUR PASSER À L'ACTION !

SIX HEURES DU MATIN... LES CLOCHES SONNENT L'OUVERTURE DES PORTES DE YUGA CENTRE...
カツ
DONG
ガラ
DING
ガラ
DING
AVANCEZ, AVANCEZ !!
ガ ガ ガ ガ
VRRRR
ガラ
DONG

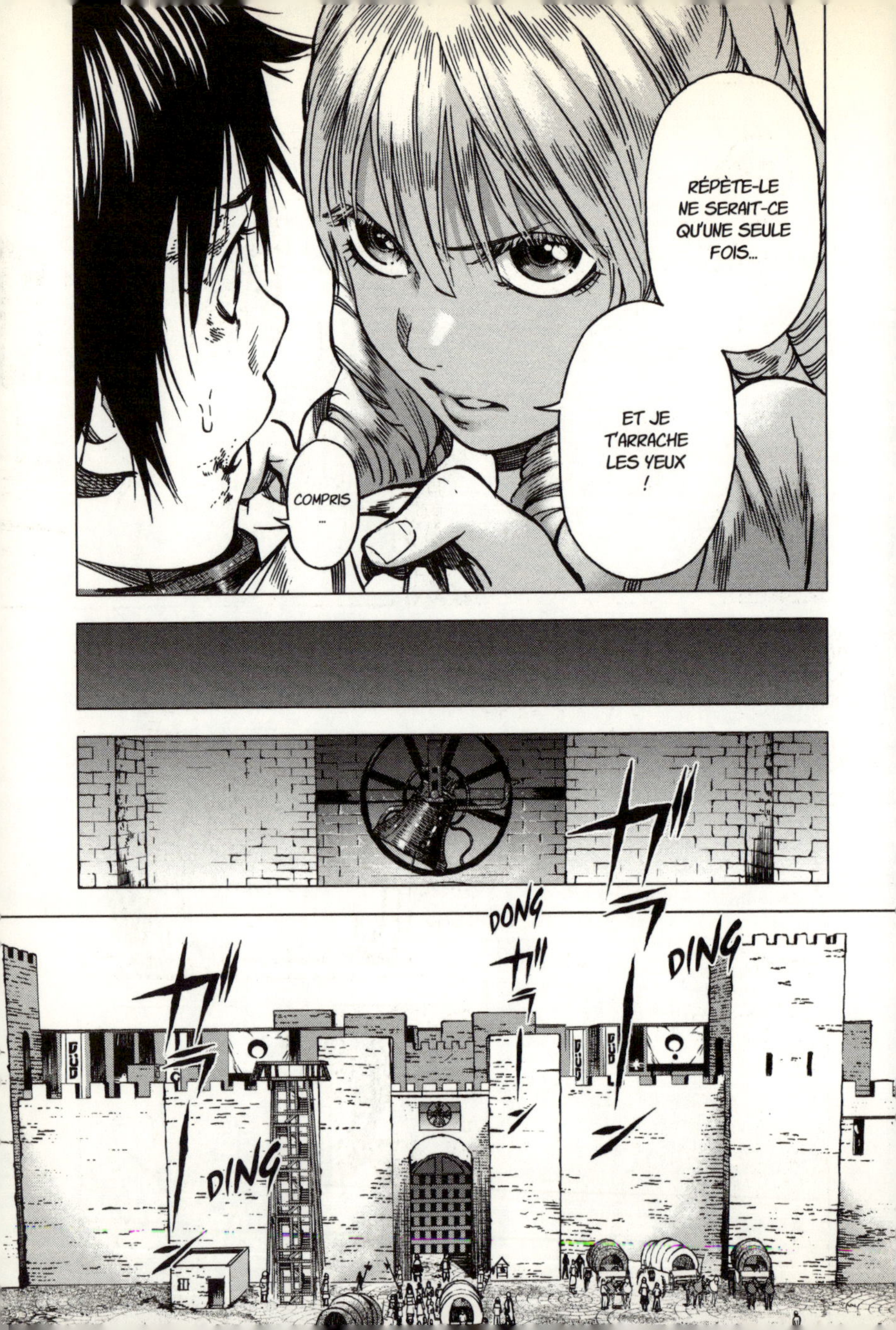
RÉPÈTE-LE NE SERAIT-CE QU'UNE SEULE FOIS...
ET JE T'ARRACHE LES YEUX !
COMPRIS ...
DONG
DING
DING

JE VOIS… ET ÇA MÈNE À UNE COUR ?
OUI !
…
UNE DERNIÈRE CHOSE…
NE RACONTE À PERSONNE CE QUE TU AS VU !
HEIN ?
RACONTER QUOI ? QUE TU PLEURAIS ?
!
POF

COMMENT UN GUEUX PEUT-IL AVOIR L'AUDACE DE POSER LA MAIN SUR MOI ?
FSH
チャッ
SI TU VEUX AVOIR UNE CHANCE QUE JE TE PARDONNE, TU AS INTÉRÊT À ME SERVIR DE GUIDE...
MÈNE-MOI AU CANAL D'ÉVACUATION QUE TU AS EMPRUNTÉ !
?
TU ES BOUCHÉ ? JE TE DEMANDE DE M'AIDER À M'ÉVADER !

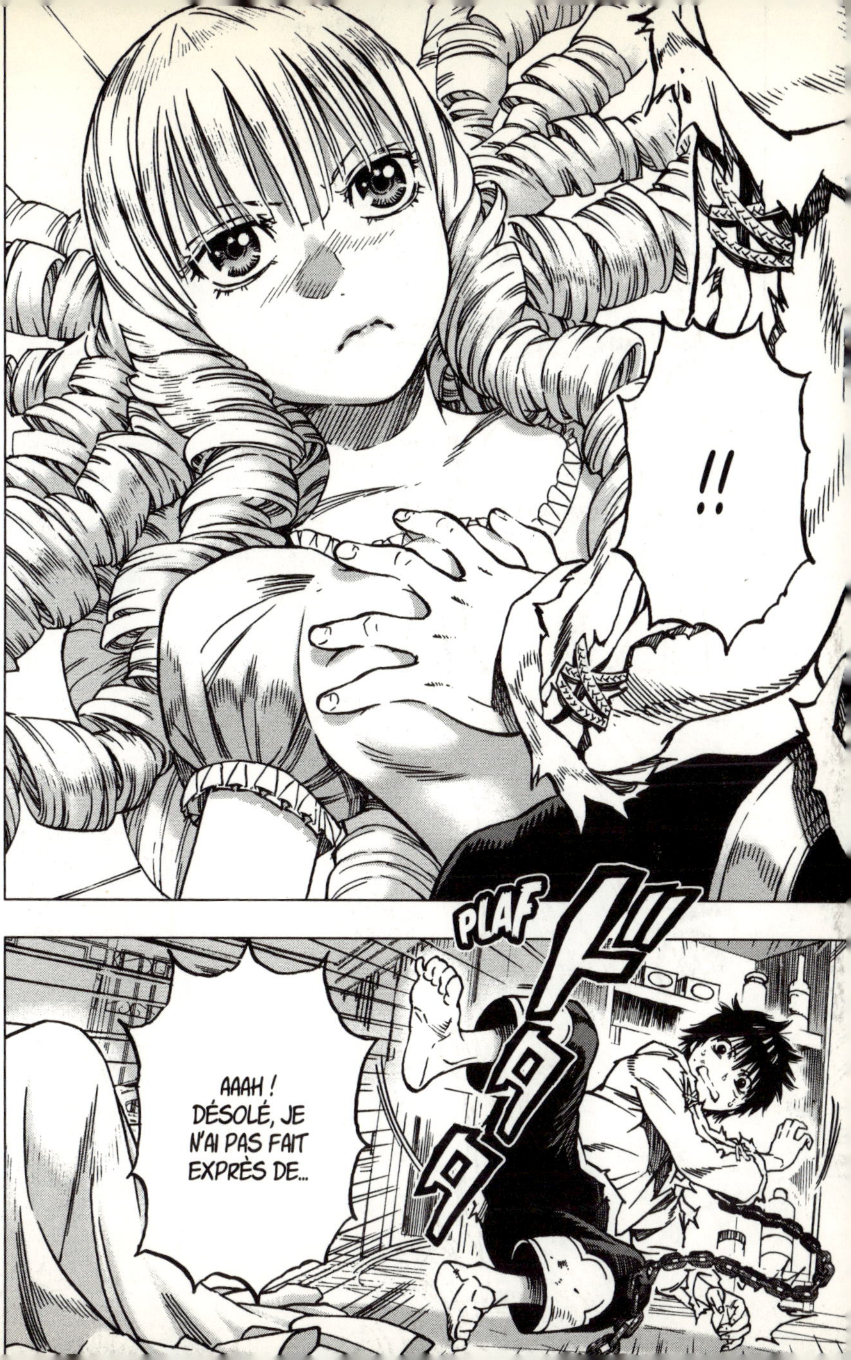
!!
PLAF
AAAH ! DÉSOLÉ, JE N'AI PAS FAIT EXPRÈS DE...

UN GARON DU NOM DE GRAGA M'A DEMANDÉ DE RAPPORTER CECI DANS SON VILLAGE NATAL...
CLAC
ジャラ
JE ME SUIS FAUFILÉ DANS UN TUNNEL ET J'AI DÉBOUCHÉ DANS UNE COUR... MAIS JUSTE APRÈS, JE SUIS TOMBÉ DANS UN TROU QUI DONNAIT SUR LES ÉGOUTS, ALORS J'AI SUIVI LE CANAL D'ÉCOULEMENT DES EAUX USÉES...
ET JE ME SUIS RETROUVÉ DANS TA SALLE DE BAINS !
...
ÔTE TA MAIN DE LÀ !
QUOI ?

GH...
SNIF...
ACHÈVE-MOI, QU'ON EN FINISSE !
JE SUIS UNE PRINCESSE... JE NE ME LAISSERAI AVILIR NI PAR LES MARCHANDS D'ESCLAVES, NI PAR LES NÉCROMANCIENS !
ALORS TUE-MOI !
JE ME SUIS ÉCHAPPÉ DU QUARTIER DES ESCLAVES ET JE ME SUIS PERDU, C'EST TOUT !

CRRR
AÏE AÏE AÏE !
HIII !
PLAF

PFF...
PRENDS ÇA !!
TAP
TAP
...
FUIT
RENDS-MOI CETTE BASSINE !
PAS QUESTION !
JE VEUX D'ABORD TE PARLER...

VIL MANANT !!
CALME-TOI !
LÂCHE-MOI, ESPÈCE DE MALAPPRIS !!
NON !
ARRÊTE !
FUIT
ÉCOUTE-MOI, AU LIEU DE...
TAC

CLANG
ELLE VEUT VRAIMENT ME TUER ...
MAIS TU ES UN VRAI DANGER PUBLIC !!
FUIT
GRR...
CLAC

RÉPONDS, MALOTRU !!
EUH... EN FAIT ...
TAP
!!
ATTENDS ! CE N'EST PAS CE QUE TU CROIS !
?!

STIGMATE 8 : LE CHÂTEAU DE YUGA (1)

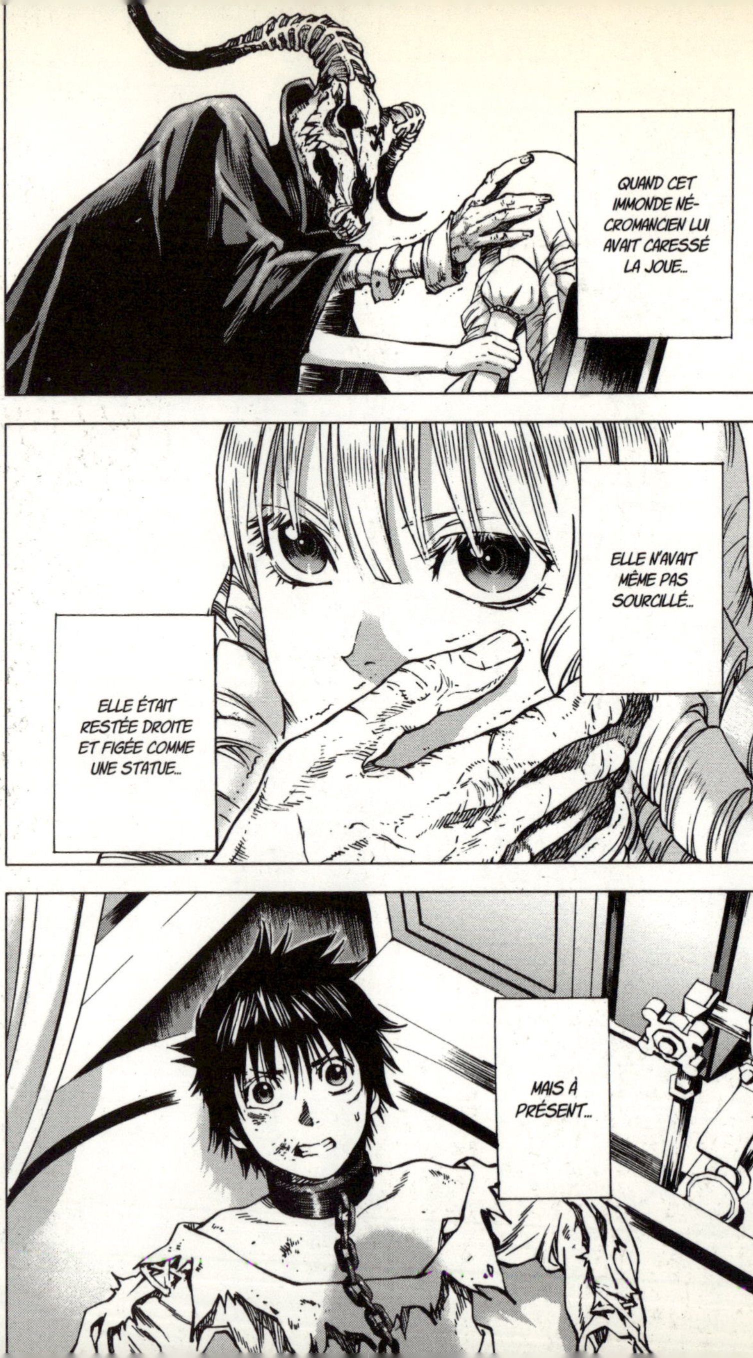
QUAND CET IMMONDE NÉCROMANCIEN LUI AVAIT CARESSÉ LA JOUE...
ELLE N'AVAIT MÊME PAS SOURCILLÉ...
ELLE ÉTAIT RESTÉE DROITE ET FIGÉE COMME UNE STATUE...
MAIS À PRÉSENT...

THE ARMS PEDDLER

2

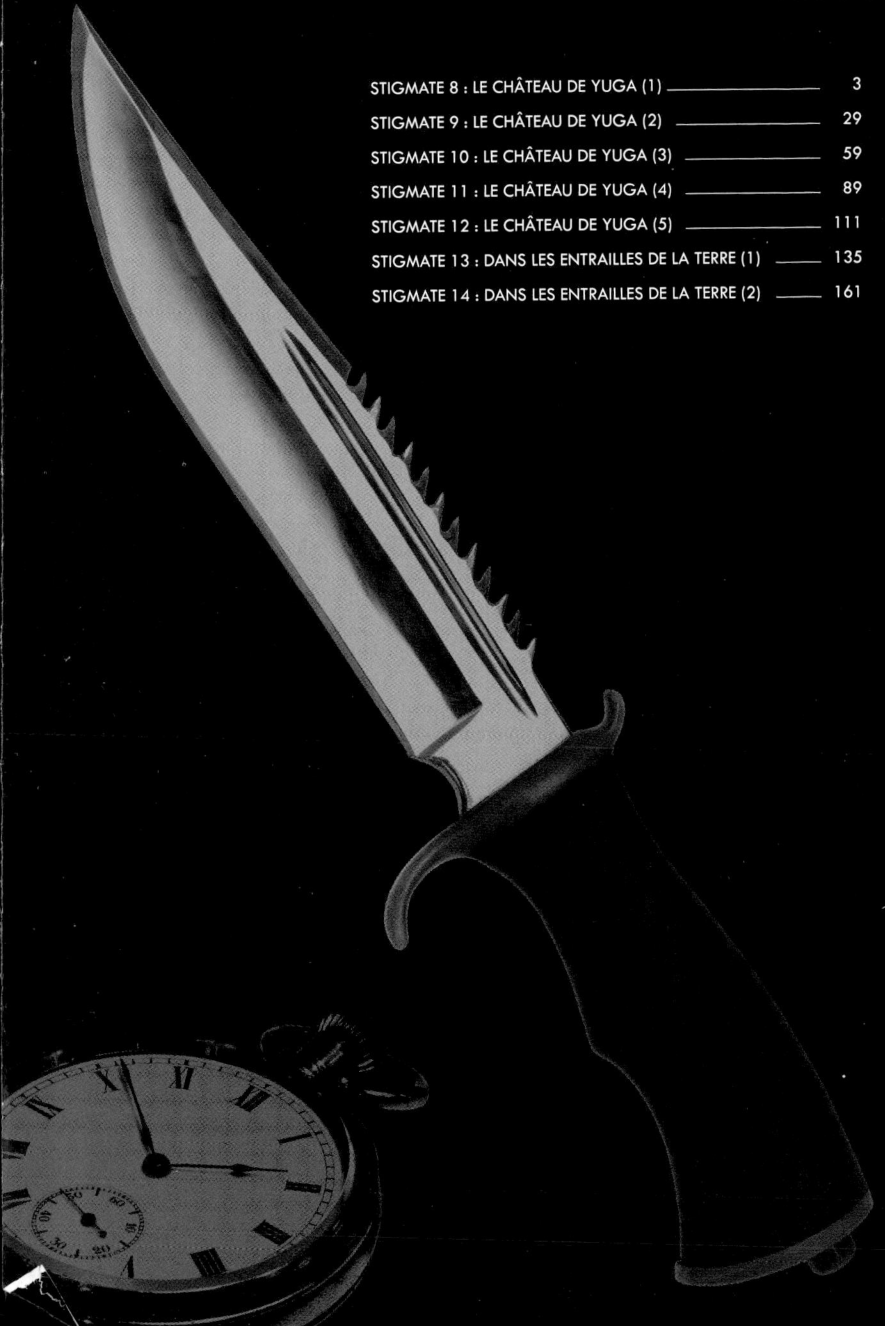